ABJURATION

Crise au Vatican

Alain Lafrance

ABJURATION

Crise au Vatican

suite de *ABSOLUTION*

ROMAN

MARCEL BROQUET
La nouvelle édition

Catalogage avant publication de Bibliothèque et Archives nationales du Québec
et Bibliothèque et Archives Canada

Lafrance, Alain, 1940-

    Abjuration : flambée d'adeptes du Petit livre de l'Agneau lumineux : crise majeure au Vatican

    (Collection La Mandragore)

    ISBN 978-2-923715-44-5

    I. Titre. II. Collection: Collection La Mandragore.

PS8623.A367A75 2010   C843'.6   C2010-941410-1

PS9623.A367A75 2010

Pour l'aide à la réalisation de son programme éditorial, l'éditeur remercie
la Société de Développement des Entreprises Culturelles (SODEC), ainsi
que le Conseil des Arts du Canada.

Marcel Broquet Éditeur
55 A, rue de l'Église, Saint-Sauveur (Québec) Canada J0R 1R0
Téléphone : 450 744-1236
marcel@marcelbroquet.com • www.marcelbroquet.com

Révision : Frederick Letia
Illustration de la couverture : Rosemary Aroyave
Mise en page : Roger Belle-Isle

Distribution :

1650, Boulevard Lionel-Bertrand
Boisbriand (Québec) Canada J7H 1N7
Téléphone : 450 434-0306 • Sans frais : 1 800 363-2864
Service à la clientèle : sac@prologue.ca

Distribution pour l'Europe francophone :
DNM Distribution du Nouveau Monde
30, rue Gay-Lussac, 75005, Paris
Tél. ; 01.42.54.50.24 • Fax ; 01.43.54.39.15
Librairie du Québec
30, rue Gay-Lussac, 75005, Paris
Tél. ; 01.43.54.49.02
www.librairieduquebec.fr

Diffusion – Promotion :

Phoenix alliance

r.pipar@phoenix3alliance.com

Dépôt légal : 3e trimestre 2010
Bibliothèque et Archives nationales du Québec
Bibliothèque et Archives nationales Canada
Bibliothèque nationale de France
© Marcel Broquet Éditeur, 2010

À Renaud et Emmanuelle

Ce roman est la suite d'*Absolution*,
paru en février 2010.

Résumé - *Absolution*

Mystérieusement frappée d'un mal qui la plonge dans un coma pendant plusieurs semaines, Tania Fixx, travailleuse sociale à Boston, voit son corps entouré d'une aura lumineuse et, conséquence encore plus invraisemblable, se retrouve en possession de pouvoirs de guérison par simple exposition à l'aura qu'elle dégage. Au même moment, ce phénomène se produit également en Tunisie, où un berger retrouve une de ses brebis affectée du même mal, et en possession des mêmes pouvoirs. Aussitôt, la CIA aux États-Unis ainsi que les autorités religieuses en Tunisie se méfient des conséquences potentielles de tels phénomènes. L'Église catholique de son côté cherche à s'approprier les bienfaits de l'utilisation des pouvoirs de Tania Fixx, tandis qu'une faction modérée de l'Islam prend contrôle des événements reliés aux pouvoirs de l'agneau.

Alors qu'elle entreprend une mission de guérison suite à l'assassinat de son mari, Tania Fixx est enlevée par un trafiquant de drogues atteint de cancer, puis libérée par la mafia américaine à l'instigation du Vatican pour enfin se retrouver prisonnière du Saint-Siège, qui cherche à l'utiliser à des fins auxquelles elle ne consent pas. Pendant ce temps, la faction islamique, qui prend rapidement le contrôle des événements reliés à l'agneau lumineux en Afrique du nord, fait l'objet d'attentats à la suite desquels émerge un chef charismatique, Yossef Al-Idrissi, qui oriente les buts du mouvement vers un idéal humanitaire non religieux.

Tania et Yossef s'étant brièvement rencontrés à Boston avant l'enlèvement de Tania par le Vatican afin de discuter de la possibilité d'unir leurs actions, Yossef réussit à la faire évader. Les sbires pontificaux ne restent pas inactifs et lors d'une mission de guérison au Cameroun, Tania est victime d'un attentat. Elle en ressort ébranlée. Afin de se prémunir contre des dangers futurs, elle décide de se joindre au mouvement de Yossef, duquel elle est d'ailleurs éprise.

Elle le rejoint donc à Oued Ellil, en Tunisie, qui est le centre d'opérations de l'Agneau lumineux de Dieu, dont elle devient l'une des dirigeantes. Alors apparaissent en Amérique les premières adhésions au *Petit Livre*, la doctrine véhiculée par l'Agneau lumineux de Dieu.

Première partie

*On peut faire voir que ceux (les princes) qui ont su
le mieux agir en renard sont ceux qui ont le plus prospéré.*

*Mais pour cela, ce qui est absolument nécessaire,
c'est de savoir bien déguiser cette nature de renard,
et de posséder parfaitement l'art
et de simuler et de dissimuler.*

Machiavel, *Le Prince*, chapitre 18.

Chapitre 1

Patrick McCormick était nerveux. Jeune curé d'une paroisse catholique d'une banlieue de New York, il avait décidé d'inciter ses fidèles à abandonner les préceptes que l'Église leur enseignait depuis toujours, puis s'était efforcé de les rallier au *Petit Livre*, un texte simple et plein d'humanisme qui se retrouvait maintenant un peu partout et que l'Agneau lumineux de Dieu prônait comme doctrine. Curé depuis quelques années seulement, Patrick désavouait les positions prises par l'Église sur plusieurs sujets, en particulier sur tout ce qui touchait le contrôle des naissances et la place de la femme dans l'Église. Il avait essayé de discuter avec l'évêque auxiliaire chargé de sa paroisse du mouvement qui distribuait le *Petit Livre*, mais ce dernier balaya toute conversation à ce sujet du revers de la main.

– Cette doctrine n'en est pas une, Patrick, et sans éclabousser ouvertement l'Église, elle est en contradiction complète avec les enseignements que nous a transmis le Christ, avait dit l'évêque.

Patrick n'avait pas réagi, préférant conserver pour lui-même une opinion qu'il savait déjà être en opposition avec les directives du diocèse.

Ce dimanche là, il se présenta pour sa messe du matin en costume civil, accompagné d'un assistant qui transportait des boîtes de livres sur un chariot. Sans dire un mot, il passa dans les allées et donna un *Petit Livre* à chacun des paroissiens qui étaient présents. Il n'y en avait que cinquante deux. Comme l'église pouvait accueillir plus de cinq cents fidèles, elle était à toutes fins utiles vide. Puis il monta en chaire. Il ouvrit alors un *Petit Livre* et dit.

– Mes amis, mes chers paroissiens, nous n'allons pas célébrer la messe ce matin.

La petite foule le regardait étonnée. La plupart étaient des gens âgés, quelques mères de famille avec de jeunes enfants, et deux ou trois adolescents.

— Non, reprit Patrick, nous allons lire ensemble le *Petit Livre* que je viens de vous distribuer. Il est à vous.

Il entreprit alors la lecture, lentement, modérant son débit aux endroits qu'il jugeait les plus importants. Les gens lisaient avec lui. Lorsqu'il eut terminé, il garda le silence pendant un bon moment. Alors trois personnes plus âgées se levèrent et quittèrent l'église en silence. Il attendit encore un peu pour donner la chance à chacun de réfléchir. Quand il vit que tout était calme, il reprit la parole.

— J'ai longtemps hésité avant de faire le geste que je vais maintenant décrire. Je sais que je vais en surprendre certains.

Il s'arrêta un moment et regarda ses fidèles.

— Je ne vous enseignerai plus les leçons de l'église catholique romaine, dit-il. Je crois que ces leçons sont périmées, qu'elles datent d'une époque révolue depuis très longtemps. Et comme je me suis rallié aux énoncés du *Petit Livre* que nous venons de lire ensemble, je me propose de les enseigner et de les propager.

Il s'arrêta encore pour observer la petite foule. Personne ne bougeait.

— Voilà ce que j'avais à vous dire. Je vais maintenant faire une pause de quinze minutes pour permettre à chacun d'entre vous de décider, ou non, de votre intention de suivre mes enseignements.

Il descendit de chaire et alla s'asseoir sur une chaise à gauche de l'autel. Personne ne parlait dans la salle. Puis, un murmure s'éleva. Quelques personnes s'étaient levées, puis rapprochées, et discutaient ensemble. Après un moment, trente quittèrent la salle.

Au bout de quinze minutes, Patrick se leva et, s'approchant avec sa chaise des dix-neuf personnes qui restaient, leur demanda de se rapprocher dans les premiers bancs. Il s'assit alors au milieu de l'allée, tout près d'eux, et commença à leur raconter l'histoire de l'Agneau lumineux de Dieu, de l'universalité de son message, de la totale liberté laissée à tous d'utiliser ou non les préceptes du *Petit Livre*.

L'évêque auxiliaire auquel Patrick se rapportait vint personnellement le voir dès le lendemain. Il arriva à dix heures, accepta le café qu'on lui proposait, puis, assis à la table de cuisine, entama immédiatement le dialogue.

– J'ai reçu au moins cinq appels, Patrick. Dis-moi ce qui se passe réellement.

L'évêque était un homme d'âge mûr, légèrement bedonnant, nerveux, plutôt impatient. Bien que Patrick fût plus jeune que l'évêque, ils se tutoyaient depuis longtemps.

– Nous sommes dépassés, John. Je n'y crois plus. Les positions de l'Église sont carrément insoutenables et le Saint-Siège ne m'apparait plus en mesure de comprendre le monde dans lequel nous vivons. Et puis les événements récents impliquant Tania Fixx m'ont bouleversé. Je ne croyais pas Rome capable de telles fourberies.

– C'est une crise de foi ? Si c'est le cas, pourquoi affoler les paroissiens ? Une crise de foi se contrôle et se résorbe, voyons !

– John, tu sais bien que j'ai raison ! Nous avons souvent discuté des faux-pas du Saint-Siège. Il est temps de se diriger dans une autre direction. Tu as lu le *Petit Livre* ? Tu connais son origine ?

Ils discutèrent ainsi pendant près d'une heure, Patrick se montrant ferme dans ses propos et l'évêque, en bon supérieur, essayant de le rallier à une cause qu'il réalisait perdue.

À la fin, il ramena la discussion à des considérations plus terre-à-terre.

– Tu réalises que ta conduite ne te permet plus de te servir de l'Église, ni de continuer à loger au presbytère.

– Je m'en doute, dit Patrick.

– Et où vas-tu aller ?

– Je ne sais pas. Chez ma sœur, probablement. Elle habite près d'ici.

– Bon, je vais contacter l'archevêque. Je te tiens au courant. Tu peux rester ici jusqu'à ce que je te revienne.

L'évêque contacta l'archevêque du diocèse dès le lendemain. Contrairement à ses attentes, ce dernier ne fut pas très surpris de ce qu'il lui raconta.

– Comment a-t-il réagi lorsque vous l'avez confronté ? demanda-t-il soudain.

– Il m'est apparu calme et confiant en ses propos. Vraiment, je n'ai pas réussi à le convaincre de quoi que ce soit.

– Ils semblent avoir tous la même attitude, dit l'archevêque en soupirant.

– Tous la même attitude ? Que voulez-vous dire, monseigneur ?

– Mon cher John, ce que vous me racontez se passe depuis plusieurs semaines partout au pays. Je devrais en fait dire partout, tout simplement. Des cas ont aussi été signalés au Pérou, au Chili, au Brésil, en Amérique centrale, au Mexique, au Canada. C'est aussi la même chose en France et en Italie.

L'évêque était surpris et ne disait rien.

– L'Agneau lumineux de Dieu et son *Petit Livre* font des ravages que nous ne pouvons plus enrayer, reprit l'archevêque.

– Qui les représente ?

– Mais personne. Personne, et c'est ce qui m'effraie le plus. La doctrine, si on peut appeler ça une doctrine, se propage par elle-même ! Il y a évidemment l'impact des guérisons miraculeuses, mais très peu de gens ont pu être témoins de ces guérisons.

Il y eut un silence qui dura plusieurs secondes.

– Bon, pour en revenir à votre curé, reprit l'archevêque, j'en réfère à Rome. Entretemps, il devra quitter les locaux de la paroisse et évidemment ne plus agir en tant que prêtre. Je vous avise de toute autre procédure dès que j'aurai reçu instructions du Saint-Siège.

꿈 꿈 꿈

Cette même semaine, à Oued Ellil, Tania Fixx accouchait d'un superbe bébé, un garçon. Les médecins avaient vérifié sa grossesse de façon quasi ininterrompue, s'interrogeant sur la transmissibilité d'abord de l'aura lumineuse qui différenciait Tania de tous les autres êtres humains, mais surtout du pouvoir de guérison qui était apparu avec l'aura.

Yossef, qu'elle avait épousé selon un rite nouveau qu'ils avaient imaginé ensemble, avait aussi suivi sa grossesse très attentivement. Il y avait un peu plus d'un an qu'ils étaient revenus à Oued Ellil, et il s'était développé entre eux un amour profond, total et inconditionnel. Ils croyaient que l'arrivée d'un enfant ne ferait que solidifier davantage leur union.

Dès le bébé né, tous constatèrent qu'il était tout à fait normal. Quoique bien formé et en santé, il ne dégageait pas d'aura lumineuse. Et sans aura lumineuse, on supposa que les dons de guérison que possédait Tania ne lui avaient pas été transmis.

Ce qui s'avéra vrai.

Le bébé fut officiellement introduit au monde lors d'une cérémonie d'assignation de nom qui se déroula quelques jours plus tard. Yossef et Tania, accompagnés de Bernard Dunn, d'Amir Sharouf et de tout le personnel de l'Agneau lumineux de Dieu, nommèrent l'enfant Robert Ali Al-Idrissi. Évidemment, on fêta amplement l'arrivée de ce nouveau venu.

Le lendemain, un événement inattendu se produisit. Vers midi, un gros hélicoptère survola à plusieurs reprises les installations d'Oued

Ellil. Il s'immobilisa enfin pendant quelques minutes au dessus de la résidence principale, puis, dans un vacarme assourdissant, piqua vers le nord et disparut. Les gardes entourant le complexe eurent le temps de bien observer l'appareil et même de le photographier. Il s'agissait selon eux d'un appareil commercial récent, d'une capacité de huit passagers, sans armes du moins apparentes. Aucune inscription n'apparaissait sur le fuselage.

Comme Amir, l'ancien garde du corps de Tania maintenant chargé de la sécurité à Oued Ellil, était plus au courant des procédures et actions utilisées par les services secrets ou les forces de l'ordre, Bernard Dunn le fit venir pour le questionner. Bernard était la personne chargée des relations extérieures de l'Agneau lumineux de Dieu.

– Que penses-tu de cette visite ? lui demanda-t-il.

– Ils voulaient probablement prendre des photos.

– Pourquoi ?

– En utilisant des caméras assez puissantes, ils pourront reconnaître des personnes précises, vérifier une présence particulière. Ou encore, vérifier nos défenses, notre système de protection, la disposition des immeubles.

– Selon toi, de qui pouvait-il s'agir ?

– Ce n'est pas la CIA. Ils ont probablement des agents déjà infiltrés parmi nous.

– Le Vatican ? Nos démêlés passés avec cette institution m'ont laissé un très mauvais goût !

– C'est possible.

– Qui d'autre, selon toi ?

– Les mêmes qui ont attaqué l'Agneau lumineux de Dieu à deux reprises dans le passé.

Bernard n'ajouta rien. Il décida d'en parler à Yossef quand il le verrait. Il avait peur qu'une action massive visant à complètement éliminer l'Agneau lumineux de Dieu soit en train de mijoter quelque part. De toute façon, il fallait se préparer d'une façon quelconque à une telle éventualité, les événements passés ayant prouvé qu'une action de cette nature n'était pas impossible.

Chapitre 2

À Rome, on recevait des rapports de plus en plus fréquents sur la propagation de l'Agneau lumineux de Dieu tant en Europe qu'en Amérique. Au début, ces rapports n'étaient transmis qu'au service du Conseil Pontifical Justice et Paix, l'organisme de la Curie Romaine officiellement chargé du maintien de la justice et de la paix dans le monde. Le Conseil, par l'entremise de son président, le cardinal d'Albini, et de Pietro Gordini, le prêtre chargé du cas Tania Fixx, avait été amplement impliqué dans les relations du Vatican avec Tania Fixx. Maintenant, les rapports étaient aussi remis à la Congrégation pour la Doctrine de la Foi. Cet organisme, qui s'appelait autrefois la Sacrée Congrégation de l'Inquisition Romaine et Universelle, avait pour but de protéger et de promouvoir la doctrine et les mœurs conformes à la foi dans le monde catholique. Il étudiait tout cas de déviation et remettait ses conclusions directement au Saint-Père. La Congrégation pour la Doctrine de la Foi était dirigée par le cardinal Alfonso Ramirez de Balboa, un homme encore jeune, au teint sombre, très mince, ambitieux, imbu de droiture et de conformité aux normes existantes.

Le cardinal Balboa avait fait étudier tous les rapports sur les déviations signalées un peu partout et avait décidé d'en discuter avec le cardinal d'Albini, qui connaissait mieux le mouvement de l'Agneau lumineux de Dieu. Il l'avait invité à le rencontrer, et le cardinal d'Albini attendait depuis quelques minutes à l'entrée de son bureau. Il alla donc l'accueillir.

– Mon cher ami, assoyez-vous, je vous en prie. Vous prendrez peut-être un café ? Un apéritif ? Il est presque l'heure du déjeuner !

– Non, merci, dit d'Albini en prenant le fauteuil que lui désignait le cardinal Balboa.

– Vous permettez alors ? reprit Balboa en se versant un verre de vin d'une carafe posée sur la console derrière l'énorme table qui lui tenait lieu de bureau de travail.

Tous deux portaient la soutane et les décorations rouges de leur rang, par tradition, et aussi par conformisme. La pièce de travail du cardinal Balboa était immense, garnie de plusieurs fauteuils de lecture, très richement décorée. Deux grandes portes vitrées ouvraient sur un superbe jardin.

– Allons directement au sujet qui nous préoccupe, continua Balboa. J'ai reçu un compte-rendu sommaire des défections qui accablent plusieurs de nos diocèses. Je remarque qu'on y réfère continuellement au *Petit Livre*, une sorte d'évangile propagé par une secte musulmane, je crois.

– Une secte originellement musulmane, monseigneur. Ils se sont détachés de l'Islam et se rapprochent plutôt d'un mouvement à base religieuse non traditionnelle.

– C'est en effet ce que l'on confirme dans le compte-rendu. Vous avez été impliqué dans la répression de cette secte, me dit-on ?

– Non, pas dans la répression de la secte à laquelle vous faites allusion. Nous avons été impliqués dans le phénomène Tania Fixx, laquelle s'est récemment jointe à la secte en question, l'Agneau lumineux de Dieu.

– Cette Tania Fixx vous a intéressé ? dit narquoisement le cardinal Balboa.

– Elle a intéressé le Saint-Père, monseigneur.

– Oui, je sais, répondit en riant Balboa. Elle nous a tous intéressés. Il est dommage qu'elle ait décidé de nous quitter. Comment son rôle dans l'Agneau lumineux de Dieu contribue-t-il à la vague de défections qui nous accable ?

– On l'assimile au *Petit Livre*, du moins à certains endroits, en Amérique du nord plus particulièrement.

– Êtes-vous encore en contact avec elle ?

– Nous pourrions l'être. Il nous serait facile de la contacter de nouveau.

– Comment ?

– Nous avons plusieurs façons d'y arriver. Sans compter l'utilisation du personnel de la Sainte Alliance. Avez-vous l'intention d'initier un contact ?

– Non.

– Alors je ne crois pas utile d'élaborer sur ce sujet.

– Je vois... Bon, je crois que nous allons devoir prendre des mesures énergiques. Nos recommandations incluront des rejets hors de l'Église, évidemment. Nous ne pouvons pas tolérer des déviations telles que celles colportées par le *Petit Livre*. Enfin, vous me comprenez, n'est-ce-pas ?

D'Albini comprenait fort bien. On prendrait des mesures qui ne feraient qu'exaspérer la situation. Il aurait préféré utiliser des approches plus directes, plus en mesure d'éradiquer à la base la source des problèmes auxquels l'Église faisait face.

– Vous n'aimeriez pas plutôt envisager des contraintes plus matérielles ? demanda soudain d'Albini.

Balboa le regarda sans sourciller, un sourire au coin des lèvres. Il tapotait doucement la base de son verre de vin.

– Oui, décidément. Mais pas tout de suite. Laissez-moi d'abord consulter le Saint-Père. Nous nous reparlerons sûrement à ce sujet. Entretemps, n'entreprenez rien. Nous nous comprenons, n'est-ce-pas ?

Le cardinal d'Albini retourna à ses bureaux, prit un déjeuner léger, puis fit venir Pietro Gordini, lequel suivait toujours le cas Tania Fixx, comme on l'appelait. Songeur, d'Albini voyait le cardinal Balboa et les membres de son organisation plonger le Saint-Siège dans des actions qui non seulement traîneraient en longueur, mais surtout rongeraient davantage la crédibilité du pape d'abord, puis de toute l'institution catholique.

Pietro Gordini se présenta trente minutes plus tard, toujours élégant dans son costume parfaitement coupé agrémenté d'une chemise à col romain. Le cardinal d'Albini lui indiqua de la main la chaise devant son bureau, puis attaqua sans plus de détours le sujet qui le préoccupait.

– Où en êtes-vous dans vos observations concernant Tania Fixx ?

– Toute l'organisation qui avait été montée à Boston, le Trust Tania Fixx, a cessé ses opérations depuis peu. Comme vous le savez, madame Fixx vit maintenant à Oued Ellil, et elle est devenue une des dirigeantes principales de l'Agneau lumineux de Dieu. Elle a épousé le chef de cette organisation, Yossef Al-Idrissi, duquel elle vient d'ailleurs d'avoir un enfant. Un garçon.

– Un enfant... normal ?

– Oui. Aucune des anomalies de sa mère ne lui a été transmise.

D'Albini resta silencieux pendant un moment.

– Quelles informations avons-nous concernant l'Agneau lumineux de Dieu ?

– Nous avons une connaissance complète de leur structure, de leurs opérations, ainsi que de leurs installations. Nous les avons photographiées de nouveau, par voie aérienne.

– Comment l'organisation opère-t-elle à l'étranger ?

– L'Agneau lumineux de Dieu n'a aucune opération à l'étranger, si ce n'est une mission déviante basée au Caire, en Égypte.

– Rien en Amérique ? Rien en Europe ?

– Non, monseigneur, répondit Gordini en se replaçant plus confortablement sur sa chaise.

D'Albini se leva et se mit à arpenter la pièce, songeur. Après quelques instants de silence, il reprit.

– Le grain a germé, Pietro. Vous êtes sûrement au courant des défections qui se font un peu partout ?

– Oui, monseigneur. Et sans vouloir vous rassurer, sachez que ces défections affectent aussi toutes les églises protestantes de même que plusieurs églises indépendantes, dont les mormons, les scientologues, et j'en passe.

D'Albini hochait la tête, en silence. Il reprit ensuite la parole.

– La Congrégation pour la Doctrine de la Foi a maintenant ce dossier en main.

Gordini ne répondit pas. Tout le monde connaissait la réputation de cet organisme, ses visions parfois trop étroites et ses actions trop compromettantes.

Le cardinal retourna à son bureau et se rassit, rapprochant le fauteuil et posant les coudes sur la surface de travail, ses mains formant un triangle devant son visage. Il ajouta alors.

– Tuer le tout dans l'œuf éteindrait mieux ce problème… Dites-moi, en quoi consiste la mission déviante d'Égypte ?

– Elle est dirigée par un des anciens collaborateurs de Yossef Al-Idrissi, Omar Ahjedin. À notre connaissance, elle ne rallie que très peu d'adeptes. Ce dernier a adopté une ligne doctrinaire beaucoup plus proche de l'islamisme officiel, et il est très surveillé par les autorités religieuses tant de l'Égypte que du monde arabe.

– Pouvons-nous… influencer leur direction, Pietro ?

– De quelle façon, monseigneur ?

– Une crise interne affaiblirait sûrement l'Agneau lumineux de Dieu. Ce qui nous permettrait peut-être de profiter de la situation pour, si j'ose m'exprimer ainsi, frapper sans être vu.

Gordini eut un petit sourire, et répondit.

– Je vois monseigneur. Laissez-moi mettre quelques idées en place. Quand aimeriez-vous débuter de telles démarches ?

– Le plus rapidement possible.

– Je vous reviens dans trois jours, monseigneur.

Sur ce, Gordini se leva et quitta la pièce.

Chapitre 3

Le bébé avait maintenant trois mois. Très brun de peau et de cheveux, c'était un petit bonhomme joyeux, attachant. Tania le trimballait partout, et tous s'étaient habitués à sa présence, même lors de réunions importantes.

On était en septembre et les préparatifs pour la fête de l'automne étaient en marche. Le succès des fêtes qui se déroulaient à chacun des solstices et des équinoxes de l'année avait atteint des proportions considérables. De plus en plus, des gens de tous les coins de la planète venaient participer à ces fêtes dont l'événement clef était toujours l'exposition de Tania et de l'agneau. Chaque personne pouvait bénéficier de leur rayonnement et donc des propriétés de guérison de ce rayonnement, ce qui faisait des fêtes une attraction telle que des mesures devraient bientôt être prises pour limiter le nombre de visiteurs. Pour la fête qui se préparait, on attendait au-delà de cinq-cent-mille personnes, ce qui mettrait toutes les ressources de l'organisation à dure épreuve.

Tania et Yossef attendaient la visite d'Omar Ahjedin, lequel avait demandé de les rencontrer pour des raisons organisationnelles, avait-il dit. Il s'était apparemment trouvé un assistant, un certain Mahmoud Dayan, qui l'accompagnait. Yossef avait jugé prudent de demander aux principaux dirigeants de l'Agneau lumineux de Dieu de participer à cette réunion. Ainsi, Bernard Dunn, Samir Haddad, Rafik Chakroun et Ahmed Ben Salem, respectivement chargés des relations avec l'extérieur, des affaires médicales, des affaires religieuses et des affaires internes, s'étaient joints à Tania et Yossef et tous discutaient de sujets sans trop d'importance en attendant Omar.

Omar et Mahmoud Dayan arrivèrent finalement. Ils étaient venus du Caire la veille et avaient passé la nuit à Tunis. Il fallut vingt bonnes minutes avant que tout le monde se soit présenté et ait échangé les souhaits et informations d'usage. Comme c'était la première fois qu'Omar et Mahmoud étaient en présence de Tania, ils ne purent s'empêcher de réagir à son apparence et à la luminosité de son aura, ce qui retarda encore plus le début de la rencontre. On distribua des rafraîchissements et finalement, tous prirent place à la table de réunion, prêts à entamer les discussions.

Yossef posa la première question.

– Encore une fois, et au nom de l'équipe, je te souhaite la bienvenue, Omar. Et bien sûr à vous aussi, Mahmoud. Nous ne nous voyons pas souvent et, malheureusement, nous n'avons pas beaucoup d'information sur ce qui se passe chez vous, surtout depuis votre décision de ne pas adopter nos nouvelles orientations. Mais comme tu le sais, Omar, nous respectons ce choix. Pourrais-tu nous brosser un tableau rapide des progrès que vous avez réalisés ?

– Il n'y a pas eu beaucoup de progrès depuis la dernière année, en fait depuis la dernière fois que nous nous sommes vus, Yossef. Nous avons maintenant trois points de prière, et plus d'adeptes, mais nous sommes encore confinés au Caire. Mahmoud s'est joint à nous il y a à peine trois mois, et tant son zèle que sa piété et son entregent m'ont poussé à lui demander de m'aider dans la conduite des opérations. Nous croyons maintenant être en mesure de mieux faire progresser notre mouvement.

– Vous avez étudié au Caire, Mahmoud ? demanda Rafik.

– Oui. Je suis pharmacien, répondit-il. J'ai aussi eu le loisir de voyager beaucoup durant les dernières années.

Mahmoud était un petit homme au teint brun et aux cheveux noirs d'au plus vingt-sept ou vingt-huit ans, l'œil pétillant. Vêtu à l'européenne, il contrastait avec Omar, qui portait toujours une djellaba.

– Ah oui ? demanda Bernard. Dans le monde arabe ?

– Entre autres. En Europe aussi. Mais je n'ai malheureusement pas eu la chance de visiter l'Amérique. Du moins pas encore.

– Vous êtes marié ? demanda Tania.

– Non. Mais nous en parlons mon amie et moi.

Mahmoud souriait beaucoup, très à l'aise.

– Qu'arrive-t-il de votre cérémonial ? demanda Yossef en s'adressant à Omar.

– Nous ne dévions pas de la conduite adoptée il y a quelque temps. Nos prières restent en accord avec le Coran, nos règles aussi. L'adhésion au mouvement ne nécessite plus une simple communion, mais plutôt une recommandation et un parrainage. Ainsi, nous nous assurons de la véracité de la foi et du respect de nos jeunes traditions chez nos nouvelles recrues.

– Le clergé islamique ne cherche pas à vous nuire, ou à vous influencer ? questionna Rafik.

– Nous sommes observés, sans plus, répondit Omar sans autre élaboration.

Tania observait les échanges en silence.

– Tu as mentionné un problème, Omar. Qu'en est-il au juste ? reprit Yossef.

– Mahmoud et moi aimerions accélérer l'expansion de notre organisation, Yossef. Mais nous n'avons peut-être pas les outils nécessaires à cette expansion, d'autant que notre mouvement est à peu près le même que l'Agneau lumineux de Dieu.

– Avez-vous changé votre nom ? remarqua tout de suite Bernard.

– Nous nous appelons depuis peu l'Agneau respectueux de Dieu, répondit Mahmoud. Entre nous, c'est l'ARD.

– Oui, renchérit Omar, nous croyons que cette identification cadre bien avec nos enseignements et, surtout, qu'elle nous différencie. Mais je reviens à ce que je disais. Nous n'avons pas les outils requis. Or, l'Agneau lumineux de Dieu pourrait possiblement nous aider.

— Dites-nous comment, Omar, dit alors Tania.

À ce moment, Mahmoud prit la parole.

— Omar hésite un peu, mais voici ce que nous avons pensé. Les pouvoirs de guérison, qui sont le fondement même tant de votre organisation initiale, Tania, que de l'Agneau lumineux de Dieu, sont concentrés entre vos mains. Maintenant que vous avez rallié Yossef, Tania, l'Agneau lumineux de Dieu dispose de votre présence, de votre aide et de vos pouvoirs dans son travail de mission.

Mahmoud s'arrêta un instant, ce qui mit de l'emphase sur ce qu'il allait dire.

— En plus, ajouta-t-il, vous disposez toujours de l'agneau lumineux. J'aimerais donc vous poser une question : est-ce que la présence de l'agneau aide réellement votre cause, maintenant ?

Il se fit immédiatement un silence. Omar avait les yeux rivés sur ses documents, tandis que Yossef, Tania et tous les dirigeants de l'Agneau lumineux de Dieu regardaient Mahmoud. Finalement, Bernard prit la parole.

— Nous comprenons tous que vous aimeriez que l'on vous cède l'agneau. Est-ce bien ça ?

— Oui, Bernard. Vous avez bien compris. Ceci rapprocherait aussi nos mouvements.

— Mais nos philosophies diffèrent déjà passablement, ajouta Rafik. Je ne suis pas certain qu'un tel rapprochement nous serait mutuellement bénéfique.

— Je sais que nos voies diffèrent, dit finalement Omar. Mais ne prêchons-nous pas tous pour un renouveau de la foi ?

– Je ne sais pas, dit Yossef. Nous nous sommes passablement écartés de la voie religieuse, Omar. De plus, tu avais déjà souligné que l'agneau ne représentait pas un élément si important dans votre approche.

– C'est vrai, répondit Omar. Mais peut-être ai-je été trop rapide à discréditer l'importance de l'agneau.

Tania prit alors la parole.

– Bon, la demande d'Omar et de Mahmoud reste quand même valable. Il est vrai que nous bénéficions de beaucoup plus d'impact que nécessaire. Je propose donc que nous prenions le temps de discuter entre nous, je veux dire l'Agneau lumineux de Dieu, de cette proposition. Qu'en pensez-vous ?

– Ça me parait raisonnable, répondit Bernard.

Finalement, l'idée de Tania fut acceptée.

On fixa donc une deuxième rencontre deux jours plus tard, ce qui laissait assez de temps afin de bien examiner les pour et les contre de la demande de l'ARD.

Les discussions qui s'ensuivirent prirent une tournure imprévue. Bernard et Ahmed hésitaient devant la demande de l'ARD par méfiance envers ses dirigeants, sans être réellement en mesure d'expliquer la nature de leur méfiance. Rafik, par contre, était carrément opposé à l'idée de se séparer de l'agneau. Selon lui, l'ARD, qui était plus proche de l'Islam traditionnel, pourrait utiliser l'agneau lumineux afin de se faire accepter ou reconnaître par l'Islam, ce qui équivaudrait alors à un transfert de l'agneau aux mains de l'Islam et à son utilisation à des fins contraires aux buts que l'Agneau lumineux de Dieu visait.

Le débat devint houleux, et dégénéra en des échanges inhabituels au sein de la direction. Yossef participait aux discussions tout en tentant de rester neutre devant les positions exprimées. Il réalisait que la valeur intrinsèque de l'agneau, son importance auprès du mouvement et surtout la valeur de son pouvoir de guérison, bref ce que ce pouvoir représentait pour l'humanité, l'empêchait de prendre quelque risque que ce soit à son sujet. L'agneau était irremplaçable. D'un autre côté, comme l'exprimait si bien Tania, l'Agneau lumineux de Dieu prêchait l'entraide, le partage, la liberté.

Ce n'est que le lendemain, après de longues délibérations, qu'un compromis fut atteint. Un compromis que Yossef jugeait dangereux, mais qu'il se sentit obligé d'accepter.

$$\{ \xi \{$$

La deuxième rencontre avait été fixée à onze heures afin de possiblement prendre le déjeuner ensemble.

Yossef avait passé la matinée à débattre intérieurement la position prise la veille par son groupe. Incertain, il ouvrit le débat.

– Nous avons bien révisé votre demande, Omar et Mahmoud. Mais nous ne sommes pas tous d'accord.

Il fit une pause, puis se ravisant, il reprit.

– Tout de même, nous avons pu rallier l'assentiment de tous moyennant quelques conditions.

– Nous vous écoutons, dit Omar en s'avançant sur sa chaise.

– D'abord, nous croyons que votre raisonnement est juste. Effectivement, la présence de l'agneau est moins significative depuis que Tania est avec nous. Par contre, les différences d'orientation de nos organisations représentent un obstacle. Mais comme notre enseignement prône l'entraide et le respect des autres, et que de plus votre mouvement émane du nôtre, voici ce que nous vous proposons : au lieu de vous donner l'agneau, nous acceptons d'abord de vous le prêter pendant un certain temps. De le déménager chez vous, sous votre garde. Disons deux mois. Je sais que vous réalisez pleinement la valeur à la fois réelle et symbolique de l'agneau ; vous comprendrez donc mes propres hésitations. Mais enfin, je dois respecter la décision que nous avons prise. Après cette période initiale de deux mois, nous évaluerons ensemble les retombées de ce prêt, soit l'utilisation qui en aura été faite, votre position, si jamais elle change, les réactions du monde musulman, du monde chrétien, bref de tout le monde. Et nous déciderons alors de la prochaine action.

Omar et Mahmoud réagissaient déjà positivement. Mais Mahmoud dit quand même.

– Vous imposez en quelque sorte un contrôle de nos opérations.

– Non, Mahmoud, dit alors Tania. Nous ne voulons pas vous contrôler. Nous essayons plutôt de prévoir toute réaction inopportune particulièrement de groupes islamistes extrémistes. Nous ne jugeons pas.

Omar se leva alors. Tout le monde lui porta immédiatement attention.

– Je crois en toi, Yossef, et en ta parole, dit alors Omar. Et la parole de tes amis est aussi ta parole. Nous acceptons donc cette condition.

Il tendit la main à Yossef, qui lui tendit la sienne.

Les échanges se continuèrent au déjeuner, d'un ton plus léger, confiant. Finalement, on décida qu'Ahmed et Mahmoud coordonneraient les détails relatifs au prêt de l'Agneau à l'ARD, et en milieu d'après-midi, Omar et Mahmoud quittèrent Oued Ellil.

§ § §

Comme ils ne devaient repartir que le lendemain pour Le Caire, Omar et Mahmoud retournèrent à leur hôtel à Tunis.

Dès son arrivée, Mahmoud appela Pietro Gordini, au Vatican. Il le rejoignit immédiatement.

– Ici Pietro Gordini.

– C'est Mahmoud Dayan, monsieur Gordini.

– Alors la réunion s'est bien déroulée ?

– Tel que prévu. Ils ont accepté. Avec quelques conditions, ce que nous avions anticipé, mais l'agneau sera transféré au Caire.

– Des conditions difficiles ?

– Non, rien de réellement incommodant.

– Quand le transfert aura-t-il lieu ?

– Je le saurai dans quelques jours. Il me reste à finaliser ces arrangements avec leur directeur des affaires internes.

– Ahmed Ben Salem ?

– Oui, c'est ça.

– Bon. Tenez-moi informé dès ces détails réglés. Et bravo pour ce résultat !

– Merci monsieur. Je vais aussi préparer la phase deux de cette opération.

– Très bien. Au revoir, Mahmoud.

– À bientôt, monsieur.

Chapitre 4

La fête de l'automne était finalement terminée. Même si les installations de l'Agneau lumineux de Dieu avaient été modifiées, agrandies et mieux agencées à la suite du succès des fêtes passées, l'affluence avait été telle qu'une journée additionnelle dut être ajoutée. Rapidement, le complexe dédié aux fêtes devenait un petit village autour d'une immense place centrale où se déroulait les expositions aux auras de Tania et de l'agneau. Ahmed rapportait que tout près de six-cent-mille personnes s'étaient présentées, soit plus de cent-cinquante-mille par jour, pendant quatre jours. Tania s'était exposée quotidiennement, toujours accompagnée de l'agneau. Comme elle emmenait quelquefois son fils avec elle, cela avait donné lieu à des scènes particulièrement touchantes, la présence du bébé réveillant souvent des instincts maternels ou paternels enfouis depuis longtemps.

Il était bien sûr impossible de quantifier le nombre de guérisons accomplies, tous les visiteurs n'ayant pas eu la possibilité de bénéficier du rayonnement de l'agneau ou de Tania. Évidemment, les télévisions tant locales qu'internationales avaient abondamment couvert la fête, et le monde entier avait pu y assister.

Plus important, au-delà de cinq-cent-mille *Petits Livres* avaient été distribués, gratuitement. Et plus d'un quart de million de personnes s'étaient spontanément jointes à l'Agneau lumineux de Dieu, en communiant.

L'organisation gérée par Ahmed afin de bien faire fonctionner un tel événement nécessitait plusieurs centaines de personnes ainsi que des fonds substantiels. Mais les dons affluaient toujours, dépassant les besoins immédiats.

Et finalement, le site Internet de l'organisation recevait maintenant des centaines de milliers de visites par mois, ce qui permettait d'accroître considérablement la visibilité du *Petit Livre*, ce dernier étant bien sûr disponible sur le site.

{ { {

Ahmed avait coordonné le transfert de l'agneau au Caire dès la fin de la fête du solstice d'automne. Quelques jours plus tard donc, l'agneau et les effets qui lui étaient nécessaires, soit sa nourriture, quelques brosses et peignes, furent chargés dans une camionnette fermée et transportés à l'aéroport de Tunis, sous escorte armée, directement à l'avion nolisé pour l'occasion. Tous les documents et permis furent inspectés dans l'avion, à la demande d'Ahmed, que le ministère des transports supporta immédiatement.

Le vol se fit sans encombre, et l'avion arriva tel que prévu trois heures et quelques minutes plus tard à l'aéroport du Caire. Il était quatorze heures vingt.

Dès l'arrivée de l'appareil, le personnel douanier se rendit à l'avion et procéda aux vérifications d'usage. Ahmed et Mahmoud s'étaient entendus pour que le transport et, surtout, la sécurité de l'agneau soient à la charge de l'Agneau lumineux de Dieu à Tunis et en vol, puis à la charge conjointe de l'Agneau lumineux de Dieu et de l'ARD à l'arrivée au Caire. À cette fin, Amir et un de ses assistants avaient été dépêchés à l'avance et devaient faire partie de la surveillance entourant l'agneau dès son arrivée. Deux autres gardes armés devaient être fournis par l'ARD, de même que tout le matériel, véhicules compris, qui serait utilisé en Égypte.

On déchargea l'agneau et ses effets pour les placer dans une camionnette qui s'était avancée près de l'avion. Amir et trois autres gardes armés y prirent place, l'un des gardes fournis par l'ARD faisant office de chauffeur. Amir avait été introduit aux deux gardes de l'ARD par Mahmoud Dayan la veille. C'étaient deux anciens militaires égyptiens recrutés par l'ARD depuis peu et qui semblaient s'y connaitre en opérations spéciales. Accompagné d'un de ces anciens militaires, il s'était installé dans le compartiment réservé à l'agneau, tous deux assis sur des chaises pliantes. Aussitôt le transfert accompli, la camionnette se dirigea vers la sortie de piste puis s'arrêta aux portes de contrôle où l'on examina les documents appropriés.

Quelques minutes plus tard, le chauffeur fut intercepté par une voiture de police et s'arrêta sur un terre-plein bordant l'autoroute El Oroba, non loin du stade de l'Académie militaire. L'automobile de police s'arrêta derrière la camionnette, gyrophares allumés. Il n'y avait pas de bâtiments à proximité. Exactement au même moment, deux événements se produisirent de façon coordonnée : une autre voiture de police bloqua la circulation environ cent mètres en arrière, empêchant tout véhicule de s'approcher de la camionnette ; puis, trois policiers armés de fusils mitrailleurs sortirent de l'auto-patrouille qui avait intercepté la camionnette, se déployèrent rapidement en éventail en arrière de celle-ci, s'agenouillèrent, et au moment même où Amir et les gardes ouvraient les portières pour sortir, arrosèrent la camionnette et tout ce qui se trouvait à proximité d'une pluie de balles. Il ne s'était pas écoulé cinq secondes depuis l'arrêt de la camionnette. Un autre policier en uniforme sortit alors de l'auto-patrouille. Il portait un sac et, se dirigeant vers l'arrière de la camionnette, examina le compartiment où se trouvait l'agneau. En même temps, un des policiers qui venait de mitrailler le véhicule se dirigea vers la cabine du chauffeur et tira plusieurs balles sur les formes ensanglantées gisant au sol, tout près des portes.

Près du compartiment où on avait placé l'agneau, Amir et le garde de l'ARD avaient été atteints de plusieurs projectiles et gisaient par terre, immobiles. À l'intérieur, l'agneau semblait mort. Le policier qui était à la porte de ce compartiment sortit de son sac une combinaison de travail, un couteau et une hache. Il revêtit rapidement la combinaison, puis entrant dans le compartiment, empoigna l'agneau et, même s'il semblait mort, l'égorgea. Le sang giclait partout, un sang légèrement luminescent, très rouge. Le policier prit alors son couteau et découpa le plus profondément possible autour du cou pour détacher la tête. Jugeant l'entaille suffisante, il déposa le couteau, étira la tête de l'agneau pour bien exposer le cou, prit la hache et d'un coup sec, sépara la tête du corps. Ainsi, quels que soient les pouvoirs de cet animal, il ne pourrait revenir en vie. Son travail terminé, il prit un colis de son sac qu'il déposa sur le plancher de la camionnette. Il sortit alors du compartiment, replaça ses outils dans le sac et enleva la combinaison qu'il remit aussi dans le sac. Puis, très calmement, il rejoignit ses confrères qui l'attendaient dans l'auto-patrouille.

– C'est fait, dit-il simplement.

– Les gardes de sécurité sont bien neutralisés ? lui demanda l'un
   des policiers.

Sans dire un mot, le policier qui venait d'égorger et de décapiter l'agneau redescendit et s'approcha de l'arrière de la camionnette. Il dégaina et déchargea son arme sur Amir et le garde de l'ARD.

Il essaya de refermer la porte endommagée de la camionnette sans y réussir puis se dirigea de nouveau calmement vers l'auto-patrouille.

Les policiers reprirent la route. La voiture qui bloquait la circulation quitta aussi rapidement les lieux. Quelques minutes plus tard, la camionnette prit feu.

≀ ≀ ≀

Mahmoud appela Pietro Gordini dès que les policiers lui rapportèrent la réalisation, telle que prévue, du plan concernant l'agneau.

– Pietro Gordini.

– C'est Mahmoud. L'agneau a été liquidé, monsieur.

– Il n'y a pas eu de bavures ?

– Aucune. Tout s'est déroulé tel que programmé.

– Félicitations. Restez près d'Omar. Il aura besoin de vous. Et nous aussi, d'ailleurs.

– Ne craignez rien, monsieur. Au revoir.

– Au revoir Mahmoud. Et… encore une fois félicitations !

Omar Ahjedin apprit la nouvelle de l'attentat quelques heures plus tard, soit tôt en soirée. S'inquiétant du retard de la camionnette, il appela l'aéroport pour vérifier si l'avion était bien arrivé à l'heure. On lui apprit que selon un communiqué des autorités policières reçu plus tôt, la camionnette qui avait franchi les grilles de contrôle au départ de l'aéroport avait été endommagée et ses occupants tués. Un attentat, lui disait-on. Il ne restait pratiquement rien du véhicule. Éberlué et incrédule, Omar tremblait. Il restait figé, incapable de penser. Finalement, il en avertit Mahmoud. Celui-ci réagit si violemment qu'Omar dut le calmer. Mahmoud maudissait l'Islam, la religion, les extrémistes, bref, il était tellement hors de lui qu'il en était incompréhensible.

Une fois le choc initial passé, ils décidèrent d'aller examiner ensemble les restes du véhicule, lequel avait été remisé dans une fourrière. Effectivement, il n'en restait qu'une carcasse difforme. Les corps avaient été transportés à la morgue.

Omar interrogea longuement Mahmoud sur les ententes prises avec Ahmed et les arrangements concernant le transport de l'agneau. Celui-ci l'assura qu'ils avaient bien respecté tous les éléments concernant la protection et la sécurité de l'agneau, que les deux gardes de sécurité de l'Agneau lumineux de Dieu dépêchés au Caire avaient été secondés par deux personnes armées faisant partie de leur propre personnel de sécurité, et qu'il connaissait personnellement ces deux personnes, dont la perte l'attristait au plus haut point.

Le lendemain matin, Omar appela Yossef. Son ton était tellement triste que Yossef soupçonna immédiatement un problème.

– Voyons, Omar, que se passe-t-il ?

– Yossef, l'agneau est mort.

Ce dernier ressentit comme un coup de masse sur la nuque.

– Quoi ? réussit-il à dire après quelques secondes.

– Il y a eu un attentat et l'agneau a été tué, de même que tout le personnel de sécurité qui l'accompagnait.

Yossef était trop surpris pour réagir à ce que lui disait Omar.

– Tu es là, Yossef ?

– Oui, oui. Comment est-ce arrivé ?

Omar lui raconta alors ce qu'il savait de l'attentat, très peu de choses en fait.

– Tous les gardes de sécurité ont aussi été tués ?

– Oui.

Yossef pensait à Amir et au rôle qu'il avait joué auprès de Tania.

– Et Mahmoud ?

– Il est complètement bouleversé. J'ai dû le calmer lorsque je lui ai annoncé la nouvelle. Il a eu une réaction très violente. Cela m'a même apeuré.

– Qui s'est occupé du transport ?

– Mahmoud a fait les arrangements. C'est lui qui avait tout organisé avec Ahmed, comme tu le sais.

– As-tu vérifié ses arrangements ?

Omar marqua une seconde de silence.

– Non. J'ai confiance en lui.

Yossef ne répondit pas immédiatement.

– Te rends-tu pleinement compte de ce qui vient de se produire, Omar ? Comprends-tu vraiment ce que représente la perte de l'agneau ?

Omar ne répondit pas.

— Tu as vraiment laissé ce Mahmoud agir seul ?

— Je suis désolé, Yossef. Je ne sais pas quoi te dire.

Il y eut un silence de plusieurs secondes. Finalement, Yossef ajouta :

— Sois disponible. Je te rappelle sous peu.

Yossef ne réalisait pas encore pleinement l'ampleur de la perte que le mouvement venait de subir. L'agneau lumineux était un don inexplicable de l'au-delà ou de la nature, et Omar venait de perdre ce cadeau. Réagissant plus de façon automatique que réfléchie, il informa immédiatement tout le monde de l'attentat, ce qui évidemment les stupéfia et les choqua tous profondément, sauf Bernard. Il avait gardé un arrière-goût de leur rencontre avec Omar et Mahmoud, et sans trop savoir pourquoi, il ne fut pas exagérément surpris de ce qui venait de se produire. Quelque chose clochait, mais il ne pouvait identifier quoi. La discussion porta longtemps d'ailleurs sur Mahmoud, les arrangements pris avec Ahmed, et, surtout, sur ce qui s'était réellement passé au Caire. On avait des doutes sur la façon dont l'attentat s'était déroulé et quelqu'un mentionna même un sabotage intentionnel. Il en ressortit un sentiment de méfiance envers l'ARD, de demi-trahison, de discréditation de Mahmoud, et aussi d'Omar.

On déplorait aussi la perte d'Amir. Tania s'en voulait d'avoir favorisé le prêt de l'agneau à l'ARD, ce qui avait mené Amir à sa mort.

Yossef et Ahmed voulaient faire venir Omar et Mahmoud à Oued Ellil afin de les questionner, de vérifier chacun des détails qui avaient mené à la perte de l'agneau. Finalement, Bernard réussit à tous les convaincre que ces démarches seraient inutiles et ne ramèneraient ni l'agneau ni Amir.

Yossef prit plusieurs jours avant de réussir à se calmer, à accepter la perte de l'agneau. Sans trop de succès Tania essayait de le supporter dans sa douleur. Il passait des heures à discuter avec Ahmed, Rafik et Samir, mangeait peu, dormait mal.

Toute la presse écrite et télévisée s'empara rapidement de l'événement dès qu'on sut que l'agneau lumineux avait péri.

Oued Ellil préféra refuser tout commentaire, se bornant à répéter que comme l'attentat avait eu lieu au Caire, l'information qui lui était relié ne leur était pas disponible. L'ARD refusa toute entrevue, se bornant à répéter que ce crime était l'œuvre de lâches qui cachaient leur haine derrière des considérations de nature religieuse.

Cette couverture médiatique dura quelques semaines, durant lesquelles on essaya tant bien que mal de situer cet attentat dans le contexte des événements récents qui avaient marqué tant le Trust Tania Fixx que l'Agneau lumineux de Dieu. Le monde scientifique déplorait amèrement la mort de l'agneau, tout particulièrement le corps médical.

Les tentatives de contact avec l'intelligentsia musulmane se révélèrent sans effet. Ou bien on ne voulait pas se sentir impliqué dans les événements qui frappaient en leur sein, ou encore on avait peur.

Puis, tout s'oublia. On ne parla plus de la mort de l'agneau lumineux, si ce n'est qu'en de rares circonstances, souvent reliées aux nouvelles et aux événements qui impliquaient Tania Fixx ou l'Agneau lumineux de Dieu.

Chapitre 5

Après une analyse du mouvement appelé l'Agneau lumineux de Dieu ainsi que des événements récents qui bouleversaient l'Église, en particulier le phénomène des abandons qui se multipliaient, la Congrégation pour la Doctrine de la Foi venait de faire ses recommandations au pape. Le cardinal Alfonso de Ramirez de Balboa fut convoqué par le souverain pontife quelques jours plus tard afin de mieux expliquer les suggestions que le rapport contenait. Celui-ci le reçut dans un salon privé de ses appartements en compagnie de son secrétaire personnel. La rencontre avait lieu tôt le matin, et le pape avait encore un café à la main. C'était un petit homme maigre, âgé, fatigué, un peu dépassé par le rythme de la vie moderne et, surtout, par la rapidité avec laquelle les informations et les connaissances se propageaient maintenant.

Le secrétaire fit asseoir le cardinal Balboa à la gauche du pape, en biais, et se plaça un peu en retrait, vers l'arrière.

– J'ai lu le *Petit Livre*, annonça le souverain pontife. C'est très simple comme vision.

– C'est surtout tout à fait contraire à nos enseignements, mon Père.

– Bien sûr. Et cela crée autant de problèmes ?

– Oui. De jour en jour, la cause gagne du terrain. Nous vivons une vague de rejet, de négativisme causée par une doctrine qui n'en est pas une. Aucune liturgie, aucune révélation, aucune règle, aucun commandement n'accompagne le mouvement. Le tout se base sur les pouvoirs de guérison d'une femme et d'un agneau à travers une organisation qui ne professe aucun enseignement réel. Vous savez d'ailleurs que l'agneau est mort, tué récemment dans un attentat.

– Oui, on me l'a appris.

Le pape marqua un temps de silence.

– Et le tout se propage seul ? reprit-il.

– Apparemment, mon Père. Rien jusqu'à présent ne s'y est opposé.

– Mais ce n'est pas une hérésie. C'est plutôt un abandon, vous ne trouvez-pas ?

– C'est un rejet, très Saint-Père.

– Je vois.

Le pape regardait la tasse de café qu'il tenait à la main. Il semblait songeur, ou plutôt décontenancé.

– Vous avez raison, dit-il finalement. Nous devons agir. Rappelez-moi les actions que vous nous recommandez.

– D'abord, frapper d'excommunication toute personne qui renie officiellement notre religion pour adhérer à l'Agneau lumineux de Dieu. Au *Petit Livre*, en fait. Ensuite, comme les ressources de l'Église deviennent de plus en plus limitées au fil des ans, concentrer l'utilisation de nos ressources sur les membres de l'Église seulement. Ceci aura un effet certain particulièrement dans les pays où les ressources sont plus fragiles, et où parallèlement nos fidèles sont plus nombreux.

Nous prenons entièrement en charge cette dernière partie. Quant à l'excommunication, nous vous recommandons la publication d'une bulle appropriée le plus rapidement possible. Nous y travaillons actuellement et vous soumettrons un document dans les jours qui viennent.

Le pape semblait de plus en plus décontenancé par ces recommandations. Se levant alors, il dit simplement.

– Je vous remercie de porter un si grand intérêt à cette cause, monseigneur.

Il fit une pause et resta debout, sans bouger, songeur. Puis il dit d'un air absent, les yeux fixés vers un point vague au-dessus de la tête du cardinal :

– Veuillez mettre de l'avant vos recommandations.

Sur ce, il salua le cardinal qui s'était déjà levé et n'attendant pas de salut en retour, il quitta le salon. Son secrétaire reconduisit le cardinal à la porte et l'avertit qu'il recevrait confirmation des directives du pape le lendemain.

§ § §

Quelques semaines plus tard, en octobre, le Saint-Siège émit la bulle *Quantae difficultates*, qui non seulement condamnait les affirmations du *Petit Livre*, mais punissait tous les catholiques qui y adhéraient publiquement ou non.

La bulle commençait ainsi :

Avec quelles difficultés nous et nos prédécesseurs, remplissant les devoirs et les commandements qui nous ont été donnés par le Christ Notre Seigneur, avons-nous de tout temps combattu les erreurs et fausses interprétations susceptibles d'entraîner les âmes vers leur perdition. Or nous avons appris par la rumeur publique qu'il se répand partout certaines interprétations et certains textes qui sont en contradiction avec les enseignements de notre Sainte Mère l'Église, dont l'opuscule communément appelé le Petit Livre, lequel est l'œuvre...

S'ensuivait une longue énumération des points et éléments du *Petit Livre* qui, selon le Saint-Siège, entraient en conflit avec les thèses défendues par l'orthodoxie catholique romaine. La bulle contenait aussi ce qui suit :

Nous défendons donc sévèrement en vertu de la sainte obéissance à tous les fidèles de Jésus-Christ, laïcs ou clercs, séculiers ou réguliers, d'adopter ou de présumer adopter les préceptes et enseignements du dit Petit Livre, de les propager ou des les entretenir de quelque façon que ce soit, de se joindre au mouvement appelé Agneau lumineux de Dieu qui est à l'origine du Petit Livre et de ses erreurs, d'assister à leurs congrès ou réunions, d'en enseigner les commandements ou de les communiquer. Nous leur ordonnons donc de se tenir strictement à l'écart de la dite société, de ses publications, de son Petit Livre et de toute manifestation les concernant, et cela sous peine d'excommunication à encourir par tous les contrevenants désignés ci-dessus, ipso facto et sans autre déclaration, excommunication de laquelle nul ne peut recevoir l'absolution par nul autre que Nous, ou le pontife romain qui nous succédera.

La publication inattendue d'une telle bulle jeta l'émoi parmi la chrétienté. Il y avait longtemps que le Saint-Siège ne s'était élevé de façon aussi véhémente contre une doctrine ou une interprétation qu'il condamnait, et le clergé en particulier y réagit violemment. Immédiatement, des protestations furent envoyées au Vatican, certaines anonymes, mais la plupart clairement identifiées par les opposants. Rome ne bougea évidemment pas. Au contraire, la Congrégation pour la Doctrine de la Foi, qui recevait toutes ces plaintes et qui coordonnait les efforts de répression du Saint-Siège, envoya une directive à tous les cardinaux dont la teneur épouvanta une grande partie de ceux-ci.

Cette lettre, courte, disait ceci :

En vertu des pouvoirs qui nous ont été confiés par le Saint-Père et en conformité avec notre mission ainsi qu'aux directives qui nous ont été données faisant suite à la publication de la bulle Quanta difficultiae, *nous avons décidé d'utiliser les ressources restreintes de notre Église pour le bienfait exclusif de nos fidèles et des membres de notre Église. Selon ces directives, quiconque n'appartient pas à l'Église ou n'est pas un des membres de notre*

Église se verra donc à partir de maintenant exclu de tout service, soin, entretien, aide ou autre avantage fourni par notre Église ou par l'un de ses membres, et ce dans quelque pays ou contrée que ce soit.

Nous ordonnons donc que les dirigeants de tous les diocèses de notre Église prennent les mesures nécessaires afin d'appliquer les directives ci-dessus dans les plus brefs délais et nous vous demandons d'informer ces dirigeants de la teneur de cette missive de même que de la nature des mesures que vous jugerez appropriées d'appliquer.

Dès la réception de cette lettre, des communications souterraines s'engagèrent entre la plupart des plus éminents cardinaux de plusieurs pays d'Europe, d'Amérique et d'Afrique. Il était clair, selon eux, que le Saint-Siège ne réalisait pas la pleine portée des actions demandées. Ce qui était encore plus outrageant était le fait que l'application des directives était laissée à la discrétion de chacun, ce qui engendrerait immédiatement le chaos et la mésentente.

Deux semaines plus tard, une délégation de dix cardinaux se rendit au Vatican afin de protester et de présenter au pape des ébauches de solutions concernant l'Agneau lumineux de Dieu. La rapidité de cette réaction étonna d'abord le pape, puis la Congrégation pour la Doctrine de la Foi. Mais comme le Saint-Père avait chargé la Congrégation du dossier de l'Agneau de Dieu, il pouvait difficilement interférer, si tôt après la remise de ce mandat, dans les mesures prises par l'organisation. Il s'abstint donc de rencontrer la délégation, et la référa à la Congrégation.

Évidemment, la rencontre ne donna aucun résultat. Monseigneur Ramirez de Balboa se montra froid, hautain, et taxa même chacun des membres de la délégation d'ingérence dans les affaires de la Congrégation ainsi que d'insubordination, une accusation grave qui fit reculer tous les cardinaux.

Chapitre 6

La mort de l'agneau et les soupçons pesant tant sur Omar Ahjedin que sur Mahmoud Dayan assombrirent la fête du solstice d'hiver, laquelle eut lieu du vingt et un au vingt-trois décembre. Yossef proposa même de changer le nom de l'organisation, l'Agneau lumineux de Dieu ne correspondant plus selon lui à la réalité que vivait le mouvement. On lui fit voir que l'image véhiculée par ce nom pouvait symboliquement s'appliquer à Tania, et finalement on le conserva. D'ailleurs, à plusieurs endroits et surtout à l'étranger, les enseignements du *Petit Livre* avaient déjà pris une place aussi importante que les guérisons, même si ces dernières représentaient souvent l'élément clef qui ralliait initialement les gens à la cause de l'Agneau lumineux de Dieu.

Yossef et Bernard avaient commandé une enquête sur Mahmoud Dayan. Les résultats obtenus n'avaient pas réussi à dissiper le doute à son sujet, même si les informations le concernant s'étaient en général avérées exactes. Il avait étudié au Caire, était bien pharmacien dans un hôpital, et avait passablement voyagé à l'étranger immédiatement après ses études, quelques années auparavant. De ses voyages, deux étaient troublants : il avait passé plusieurs mois en Italie, à Rome, ou il fut impossible de retrouver trace de son passage, puis peu de temps après il s'était rendu à Téhéran pour quelques mois. Aucune information ne put être trouvée concernant une présence féminine dans sa vie.

Bernard avait essayé de sensibiliser Omar Ahjedin concernant Mahmoud, mais Omar s'était carrément offusqué et un froid s'était créé. Par la suite, Omar brisa les contacts avec l'Agneau lumineux de Dieu.

Tania fut choquée du peu d'attention que le monde accorda à la perte de l'agneau. La réaction de stupeur qui fit suite aux reportages des médias s'était trop rapidement estompée et à peine quelques semaines après la mort de l'agneau, seules de rares mentions en rappelaient l'importance. D'autres événements monopolisaient l'attention, dont l'un impliquait directement l'Agneau lumineux de Dieu : la bulle papale.

Yossef avait été sidéré par l'ampleur de l'attaque du Vatican. Connaissant autant les rouages du catholicisme que de l'islam, il comprenait que la publication d'une bulle condamnant le *Petit Livre* et l'Agneau lumineux de Dieu représentait une déclaration de guerre et que la Curie romaine ne lésinerait pas devant les moyens à déployer pour parvenir à ses fins.

Dès la fin de la fête du solstice d'hiver, il réserva donc du temps pour discuter de toute cette situation avec la direction de l'Agneau lumineux de Dieu. Yossef amorça les débats par un résumé de la situation suscitée par la publication de la bulle *Quantae difficultates*. Il terminait justement son exposé.

— En conclusion, le Vatican semble avoir décidé d'ouvrir les hostilités contre nous de façon officielle. Comme il ne peut ouvertement nous nuire ou nous punir matériellement, il vise ses propres sujets et se sert d'une stratégie éprouvée : la peur. La peur de l'exclusion, de la perdition éternelle.

— Sauf que nous ne sommes plus au moyen-âge, dit Rafik, et que les tentatives d'excommunications massives des derniers temps n'ont rien donné. J'en réfère aux nombreuses bulles visant les francs-maçons et la franc-maçonnerie. Elles n'ont eu aucun effet.

— Ces bulles visaient des gens instruits, informés, dit Tania. Mais ici, on vise tout le monde, toute personne qui adhère au *Petit Livre*. Il faut se rappeler que dans certains pays, la tradition catholique a encore beaucoup de poids. Pensons à l'Amérique latine, par exemple, ou à l'Afrique.

On passa alors un bon moment à essayer de mesurer l'impact qu'aurait la bulle dans les principaux pays catholiques. Finalement, Bernard posa une question qui fit avancer le débat.

– Mais dans tout ça, comment sommes-nous réellement affectés ? Pas impliqués, mais affectés ? Quels dommages nous cause la bulle ?

– Notre crédibilité va en souffrir, répondit rapidement Yossef. Et notre enseignement. Le vieux fond de peur et de superstition devant l'inconnu est encore brandi bien haut, et c'est justement ce contre quoi nous nous élevons. La peur implique la domination par celui qui la manipule, et cette manipulation par Rome nous a donné des siècles de guerre et de conflits.

Il s'arrêta alors, réalisant qu'il s'emportait. Puis il se reprit.

– Pour mieux te répondre Bernard, c'est l'essence même de l'Agneau lumineux de Dieu qui est affectée. Le Vatican essaie d'assimiler nos enseignements à une doctrine. C'est faux.

– En fait, reprit Rafik, le Vatican dit que nos enseignements sont contraires aux préceptes conformes à la foi, telle qu'elle s'exprime dans la religion catholique. Il ne dit pas que nos enseignements sont faux. Seulement qu'ils dévient de ce que le Saint-Siège enseigne.

– Bon, ajouta Bernard, ne nous perdons pas en discussions théologiques stériles. Avons-nous des informations sur les réactions que provoque la bulle ?

Tania fit alors un exposé sur ce qu'elle avait pu glaner à travers les médias. Ahmed avait aussi des informations sur les réactions du monde arabe, qu'il partagea. Succinctement, la bulle semblait avoir provoqué plus d'incrédulité que de dommage, du moins jusqu'à présent.

Comme midi approchait, on fit une pause pour permettre à tous de prendre une bouchée et de se délasser.

À treize heures trente, Yossef relança la discussion.

– Maintenant que nous avons une meilleure idée de ce en quoi consiste la bulle et de la façon dont elle semble avoir été reçue à date, que faisons-nous ?

– Ne nous préoccupons pas du monde arabe, dit Ahmed. Il est inutile de s'y attarder.

– D'abord comment devons-nous procéder ? demanda Bernard. En définissant une riposte générale applicable partout, ou en ajustant notre réponse selon l'endroit ?

– Il me semble que notre message doit être le même partout, répondit Rafik. Autrement, nous risquons de créer le doute, la méfiance.

– Rafik a raison, dit Yossef. Mais le message peut être ensuite adapté aux conditions locales.

– Et quel devrait être ce message ? continua Bernard.

– La vérité, dit alors Tania.

Tous la regardèrent, attendant qu'elle continue. Comme elle restait silencieuse, Yossef lui demanda.

– Selon toi, en quoi consiste cette vérité ?

– L'Agneau lumineux de Dieu n'est pas un mouvement religieux dans le sens usuel du mot. C'est une conviction personnelle. Elle ne se rattache pas à un rite particulier, à des règles ou des lois. Sauf des lois humaines, évidentes en soi. Du type « tu ne tueras point ».

Tout le monde voulut alors ajouter son mot et le débat se poursuivit pendant un bon moment. Comme rien n'avançait, Yossef prit alors la parole.

– Bon... je repose la même question. Que faisons-nous ?

– Attendons, dit Bernard. Voyons quels gestes seront posés.

– Tentons plutôt une intervention, dit Tania. Une seule, mais importante, et mesurons ensuite ses conséquences avant d'aller plus loin.

– Tania a raison, dit Yossef. Rafik ? Ahmed ? Et toi Samir, tu n'as rien dit.

– Je suis d'accord avec toi et Tania, répondit Samir. Je crois que c'est une approche sensée. Ça forcera la partie adverse à réagir, et on verra bien ce qu'elle fera.

Comme Rafik et Ahmed opinaient de la tête, Yossef continua :

– Va pour l'intervention. Maintenant, laquelle ?

– Une entrevue télévisée nous permettrait de rejoindre le monde entier, dit Bernard. Nous avons de bons contacts avec la chaîne CNN.

– C'est vrai, dit Tania, Ce serait la meilleure approche.

– Sommes-nous tous d'accord ? demanda Yossef.

Après quelques échanges et devant l'assentiment général, il fut décidé que Bernard organiserait une entrevue télévisée avec CNN. On préparerait l'entrevue dès que sa date serait connue.

Chapitre 7

Le cardinal Luis Fernandez Guernara, archevêque du diocèse de Mexico, un homme prématurément âgé, aigri, les cheveux et la peau grisâtres, rondelet, d'une intolérance proverbiale, mettait la dernière main aux instructions qu'il avait préparées suite à la lettre de la Congrégation pour la Doctrine de la Foi. C'était un de ceux qui avaient applaudi à la publication de la bulle et il approuvait totalement les directives qui suivirent sa parution. Depuis toujours, il réprouvait toute démarche qui mettait à la disposition d'infidèles des aides et des supports déjà difficilement disponibles aux catholiques pratiquants, particulièrement dans son diocèse, où la pauvreté rampait.

Ses instructions étaient claires et se résumaient en quelques paragraphes d'une lettre qu'il s'apprêtait à envoyer à chacune des paroisses du diocèse de même qu'à chaque congrégation catholique active, même s'il n'avait pas nécessairement autorité sur certaines d'entre elles. Essentiellement, trois directives étaient données : d'abord, tous les prêtres actifs dans des institutions fréquentées par des non catholiques devaient immédiatement cesser d'offrir leurs services aux non catholiques. En deuxième lieu, seuls des catholiques étaient maintenant autorisés à entrer dans les églises et autres lieux de culte. Et enfin, les prêtres et membres d'ordres religieux devaient éviter d'entrer en contact avec des non catholiques. Quant à la façon de répondre aux deux premières demandes, le cardinal Guernara suggérait d'assermenter toute personne sur laquelle l'appartenance à l'Église pouvait poser un doute. Il avait bien pensé imposer une punition en cas de non application de ces nouvelles normes, mais il ne le fit pas car il ne savait pas comment la mettre en œuvre.

Cette lettre fut reçue quelques jours plus tard. Immédiatement, un déluge d'appels, de demandes de rencontres, de précisions et de requêtes submergea le cardinal Guernara. Et bien sûr, quelqu'un la fit parvenir aux médias. La lettre fit alors la une de tous les journaux et stations de nouvelles télévisées du monde entier, de même que la lettre contenant les directives de la Congrégation pour la Doctrine de la Foi, obtenue par la BBC sans que cette dernière n'ait cru bon de préciser de quelle façon cette missive lui était parvenue.

¿ ¿ ¿

À Boston, l'évêque auxiliaire Paul Cross, qui avait été mêlé de près aux débuts de l'affaire Tania Fixx et qui suivait toujours l'évolution de ce dossier et de l'Agneau lumineux de Dieu, réagit à ces nouvelles en appelant le cardinal Purcell, son supérieur. Paul Cross savait que le Vatican avait eu des visées précises sur Tania Fixx, visées qu'il avait réprouvées sans le dire à l'époque. Incrédule, il voulait vérifier l'exactitude des affirmations des journaux.

Mal-à-l'aise, le cardinal Purcell fut d'abord froid, distant.

– Je ne peux que valider les informations rapportées, Paul.

– Mais monseigneur, Rome a-t-elle perdu la tête ?

– Vous dites, Paul ? répondit le cardinal sur un ton sec.

– Je vous demande si Rome a perdu la tête.

Le cardinal ne répondit pas. Alors Paul continua.

– J'ose croire que vous n'êtes pas d'accord avec ces directives !

Toujours pas de réponse du cardinal.

– Mais vraiment monseigneur, allez-vous me faire croire que vous ne réalisez pas le bourbier dans lequel nous nous empêtrons ?

– Mesurez vos paroles, Paul, s'il vous plait.

– Justement, je les mesure ! Sinon, je vous dirais que la Congrégation pour la Doctrine de la Foi est dirigée par le plus grand imbécile de la chrétienté !

– Paul ! Ça suffit !

– Non, monseigneur, ça ne suffit pas. Je n'accepte pas de participer
à une telle manipulation. Je vous rappellerai. Ou plutôt rappelez-
moi si vous avez de meilleures nouvelles !

Sur ce, il raccrocha. Ne perdant pas de temps, il fit venir sa secrétaire et
lui demanda d'organiser une rencontre d'urgence avec tous les curés et
prêtres sous sa responsabilité le plus rapidement possible. Le lendemain,
ou au plus tard le surlendemain.

La réunion eut finalement lieu deux jours plus tard à l'église du
Sacré-Cœur. Des quatre paroisses dont Paul Cross avait la charge, tout
le monde était présent. Quinze personnes au total. Il ouvrit la réunion
ainsi :

– Messieurs, merci de vous être libérés et d'être ici. J'aurais aimé
vous laisser un délai plus long mais j'ai cru que la situation à
laquelle nous faisons face nécessitait une rencontre d'urgence.
Je vais d'abord vous distribuer quelques pages d'informations.

Il fit alors circuler un document dans lequel apparaissaient la bulle
Quantae difficultates, la lettre de la Congrégation pour la Doctrine de
la Foi et la lettre du cardinal Guernara.

– Est-ce que vous avez tous pris entière connaissance de la bulle ?

Évidemment, tout le monde avait lu ce document.

– Qu'en pensez-vous ? demanda soudain Paul.

Une telle question était tellement inusuelle que personne ne répondit. On
ne questionnait pas une bulle du Saint-Père, du moins pas publiquement
ou de façon aussi ouverte.

– Allons, reprit Paul, vous avez bien quelques idées. Comment
ce document vous apparait-il ?

Finalement, un des curés se risqua et dit.

– Ça ne donnera rien. C'est un coup d'épée dans l'eau.

– Ça va empirer les choses, dit alors un deuxième assistant.

– Vous avez raison, ajouta Paul. C'est une mesure inutile mise de l'avant par quelqu'un qui n'est plus en contact avec la réalité. Passons maintenant à la lettre de la Congrégation aux cardinaux. Est-ce que tous ici étaient au courant de cette lettre ?

Tous en avaient entendu parler dans les journaux ou à la télévision.

– Quelle est votre réaction à cette lettre ? Évidemment, elle ne nous a pas encore été officiellement communiquée par l'archevêque de Boston.

– Est-elle exacte ? Ce qu'on rapporte est-il bien vrai ? demanda quelqu'un.

– Tout à fait, répondit Paul. J'ai moi-même vérifié avec le cardinal Purcell.

– C'est une erreur, dit un des curés. Cette lettre est une mesure moyenâgeuse. Vraiment, je suis révolté. Rome ne comprend rien.

Cette réplique généra un flot de commentaires d'approbation, de surenchère, puis d'indignation générale de la part de tous les assistants. Finalement, Paul réussit à ramener le calme.

– Messieurs, messieurs... Je comprends et partage votre colère. Vraiment, la Congrégation fait fausse route. Elle est déconnectée du monde, du quotidien, du pratiquant d'aujourd'hui. Et que pensez-vous enfin de la lettre du cardinal Guernara et des mesures qu'il propose ?

L'indignation fut alors générale et immédiate. Quelqu'un ne se gêna pas pour traiter le cardinal Guernara de parfait imbécile indigne de sa charge.

Paul Cross fit alors une longue pause. Il regardait chacun des assistants dans les yeux, à tour de rôle. Puis, il leur demanda :

– Pensez-vous réellement que de telles positions sont en accord avec ce que le Christ prêchait ? En d'autres mots, l'Église n'est-elle pas en train non seulement de s'égarer, comme elle le fait trop souvent, mais de proposer des mesures complètement à l'opposé de ce qu'elle prêche ? Où est la charité ? Où est le dialogue ? Où est l'ouverture d'esprit ? Mais, mes amis, quelle est cette Église ? Est-ce celle à laquelle vous avez prêté allégeance ?

Tous l'écoutaient, plusieurs hochant la tête en signe d'assentiment.

– Vous avez raison, dit l'un d'eux, un jeune prêtre d'au plus trente ans. Je ne reconnais plus ce qu'on m'a enseigné. Et franchement, je ne sais pas si je serai capable d'accepter ces nouvelles façons de faire.

Paul Cross sauta immédiatement sur l'occasion qu'on lui donnait.

– Moi non plus, mon ami, répondit-il. Je me sens incapable de continuer ainsi. Franchement, je me vois beaucoup mieux enseigner les préceptes du *Petit Livre* que de supporter cette farce à laquelle on nous force d'obéir.

Il sortit un *Petit Livre* de sa poche.

– Connaissez-vous le *Petit Livre* ?

Tout le monde le connaissait. Au moins cinq des assistants en sortirent un de leur poche.

– Je vous ai convoqué ici pour vous informer que je quitte mes fonctions. Immédiatement. Je vais en aviser le cardinal Purcell demain matin. Je ne vous demande rien, mais si certains parmi vous décident de se joindre à moi, nous pourrons alors faire cause commune, mettre nos ressources ensemble, et diriger notre action dans une nouvelle direction, une direction axée sur le respect, la réalité d'aujourd'hui, le monde dans lequel nous vivons.

Il s'arrêta un moment. Puis il reprit.

– Je propose une pause afin que vous puissiez réfléchir, discuter entre vous, et vous détendre aussi.

La pause dura une heure. Finalement, un des curés avisa Paul Cross qu'ils étaient prêts et qu'il aimerait prendre la parole dès la reprise des discussions.

Il déclara alors.

– Monseigneur Cross, je me fais l'interprète du résultat des échanges que nous avons eus durant la pause. Vos quatre paroisses vont vous suivre, monseigneur. À dire vrai, il y a un bon moment que nous nous questionnions sur les actions du Saint-Siège, en particulier sur les événements qui ont entouré le séjour apparemment forcé de madame Fixx au Vatican. Au nom des quatre curés représentant les quatre paroisses sous votre autorité, monseigneur, nous avons décidé de quitter l'église de Rome. Nous en avertirons nos paroissiens dès dimanche en chaire et en même temps par écrit dans les journaux.

Il se rassit. Un deuxième curé se leva alors.

– Mon confrère a oublié de vous préciser que trois de nos vicaires ne poseront pas ce geste. Nous en avertirons les fidèles ainsi que le cardinal.

¿ ¿ ¿

Le dimanche suivant, les curés des quatre paroisses sous l'autorité de l'évêque auxiliaire Paul Cross annoncèrent leur décision de rompre avec Rome, de quitter les rangs de l'Église catholique et de prêcher les enseignements du *Petit Livre*. Paul Cross fit parvenir un communiqué écrit aux principaux journaux de Boston, s'associant évidemment à cette rupture. Quelques jours plus tard, il participa à plusieurs entrevues télévisées de diffuseurs locaux, dont certaines furent reprises à l'échelle internationale. C'était la première fois qu'une abjuration aussi importante se faisait sur la place publique.

Chapitre 8

Bernard Dunn réussit à organiser une entrevue à l'émission *CNN Tonight* quelques semaines après la discussion tenue à Oued Ellil. L'entrevue aurait lieu à New York, aux studios du Centre Time Warner, et deux personnes y participeraient : Tania ainsi que Yossef.

Les événements se précipitaient et les nouvelles concernant la lettre aux cardinaux de la Congrégation pour la Doctrine de la Foi, celle du cardinal Guernara aux dirigeants des paroisses de son diocèse et, surtout, l'abjuration publique, d'un seul coup, de quatre paroisses de Boston et de l'évêque auxiliaire Paul Cross plaçaient l'entrevue de Tania et Yossef très haut dans les cotes d'écoute prévues pour cette exclusivité.

Tania, Yossef, le petit Robert Ali et sa gardienne, Bernard ainsi que plusieurs membres de leur service de sécurité arrivèrent à New York quelques jours avant l'entrevue. Comme toujours, ils voyageaient à bord d'un avion nolisé et des arrangements préalables avaient été pris avec les autorités afin d'éviter tout rassemblement potentiellement dangereux. C'était facile maintenant. Tania était mieux traitée et probablement plus connue que la plus importante star cinématographique, et l'Agneau lumineux de Dieu avait acquis une notoriété internationale. L'hébergement et les déplacements de tout ce monde avaient posé un problème de taille, et ne fut réglé que lorsque les autorités policières de New York assurèrent, par contrat, qu'une garde constante de l'hôtel ou ils séjourneraient serait effectuée et que leurs déplacements seraient escortés.

L'entrevue avait finalement lieu. Tania, Yossef et Bernard étaient aux studios de CNN depuis un bon moment quand on vint chercher Tania et Yossef pour les amener à la salle de l'entrevue.

L'animateur, que Tania connaissait déjà, trônant derrière son bureau semi-circulaire, son éternel nœud papillon rouge au cou, fit son introduction et amorça tout de suite les échanges.

– Comment va le ménage ? dit-il en baissant la tête et les regardant d'un petit air moqueur.

Tania et Yossef se mirent à rire.

– Merveilleusement bien, répondit Yossef. Et avant que vous me le demandiez, non, notre bébé n'a pas les pouvoirs de Tania. Mais il a peut-être les miens !

L'animateur sourit gentiment, puis continua.

– Comment vous sentez-vous, maintenant que vous êtes au centre de ce qui m'apparaît être une crise religieuse d'importance ?

– Il nous est difficile de répondre, dit Yossef. D'abord, parce que nous ne professons aucune religion. Nos enseignements ne comportent aucune règle, aucune obligation.

– Le Petit Livre, que vous connaissez, j'en suis certaine, et que tout le monde connaît maintenant, dit Tania, est un code de conduite personnel, tout simplement, un appel à la raison, à ce qu'il y a de plus profondément humain en chacun de nous.

– Alors comment expliquez-vous la position de l'Église catholique romaine ?

– Nous ne cherchons pas à l'expliquer, répondit Yossef. Je crois que les gens commencent par contre à réagir. Voyez par exemple l'évêque de Boston, monseigneur Cross, je crois.

— Mais l'Église vous condamne, soyez honnête. Et l'Église catholique n'est pas sans moyens !

– C'est vrai, dit Tania. Mais que doit-on faire ? Condamner l'Église ?

– Bien sûr, c'est délicat, répliqua l'animateur.

– Voyez-vous, reprit Yossef, nous ne condamnons pas. Personne. Nous laissons à tous la liberté de croire en ce qu'ils désirent croire. Mais nous aimerions que les gens réfléchissent aux énoncés du Petit Livre. Évidemment, nous ne sommes pas d'accord avec toute forme de violence, ou de coercition. Dans ce sens, nous ne sommes pas d'accord avec les actions récentes du Vatican.

– Alors vous ne prenez aucune mesure ? Vous ne recommandez rien à vos adeptes ?

– Non, dit Tania.

– Vraiment ? reprit l'animateur.

– Vraiment, dit Yossef.

L'animateur marqua un court temps d'arrêt.

– Parlez-moi un peu de l'Agneau lumineux de Dieu, reprit l'animateur, de la mort de l'agneau en particulier.

– C'est un attentat incompréhensible, répondit Yossef. Comment peut-on expliquer que quelqu'un ou une idéologie quelconque puisse vouloir détruire un tel don de la nature ? Un don bénéfique à tous, qui plus est.

– Selon vous, qui serait derrière l'attentat ?

– C'est impossible à dire, dit Yossef.

– Mais vous devez bien soupçonner quelqu'un ?

– Bien sûr, ce pourrait être les extrémistes islamiques, un illuminé quelconque, le Vatican, qui sait ?

– Le Vatican ? sursauta immédiatement l'animateur.

– Yossef n'accuse personne, ajouta alors Tania. Il dit simplement que ce pourrait être n'importe qui.

– Mais vous avez bien dit le Vatican. Cette idée vous a réellement effleuré l'esprit ? demanda l'animateur.

– Comme toutes les autres possibilités, ni plus ni moins, répondit Yossef. Mais vraiment, nous n'avons aucune information concernant les auteurs de l'attentat.

– Il est quand même curieux que ce dernier se soit produit lorsque l'agneau était en possession de votre ancien collaborateur, Omar Ahjedin, je crois.

– C'est exact, dit Yossef. C'est malheureux. Mais ce sont les faits.

Il y eut encore un bref moment de silence.

– Bon, continua l'animateur. Quels sont vos projets maintenant ?

– Nous allons tout simplement continuer le travail que nous avons entrepris à Oued Ellil, dit Tania. Nos fêtes trimestrielles sont maintenant bien connues, et de plus en plus fréquentées.

– Tellement fréquentées que nous devons sérieusement songer à en améliorer la formule, continua Yossef.

– Comment ? demanda simplement l'animateur.

– Nous débattons plusieurs possibilités, dit Yossef. Évidemment, ces fêtes tournent présentement autour de la présence de Tania. Peut-être n'est-ce pas une obligation. Mais nous n'avons pas encore arrêté de plan précis.

– Je vois, répliqua l'animateur. Il y a beaucoup de travail, n'est-ce pas ? Bon, je vous souhaite bonne chance. Et madame Fixx, votre éclat est toujours aussi surprenant qu'éblouissant. J'en reste figé chaque fois que je vous vois ! Au revoir !

Il se leva pour serrer la main de Yossef et de Tania puis, pendant qu'ils quittaient le studio, il reprit son fauteuil et passa au prochain sujet qu'il devait couvrir.

$$\text{\textasciitilde}\ \text{\textasciitilde}\ \text{\textasciitilde}$$

À Rome, au Conseil Pontifical Justice et Paix, Pietro Gordini et le cardinal d'Albini avaient suivi le reportage de CNN avec beaucoup d'attention, même s'ils avaient été obligés de passer une bonne partie de la nuit debout, l'émission leur parvenant en direct en pleine nuit chez eux.

— Ils sont très habiles, dit le cardinal. Et très consistants dans leur démarche. Ils nous observent, et sans nous condamner, nous condamnent !

Gordini ne fit pas de commentaires.

— Cette fois, je crois bien que nous avons réussi à nous mettre nous-mêmes dans le pétrin ! dit encore le cardinal d'Albini.

Il marchait de long en large dans son bureau où ils avaient regardé ensemble l'émission *CNN Tonight*. Il alla soudain s'asseoir lourdement dans son fauteuil, à sa table de travail.

— Même en le neutralisant, l'Agneau lumineux de Dieu survivrait maintenant, ajouta-t-il, en se parlant à lui-même.

— Peut-être, pendant un certain temps, dit Gordini. Mais à plus long terme, et avec un travail approprié, nous pouvons les faire disparaître. Surtout si le combat a lieu à armes plus égales.

Le cardinal le regardait, fatigué, l'air défait.

— Que voulez-vous dire ?

— Eh bien, si leur message est si efficace, pourquoi n'adoptons-nous pas un message de même nature ?

— Je ne vous comprends pas, dit le cardinal.

— C'est très simple. Rien n'empêche l'Église de moderniser son enseignement. Rien ne dit que nous sommes obligés de rester figés dans le passé. Pourquoi ne pas proposer quelque chose de neuf ? Qui plus est, pourquoi ne pas le faire en accord avec les églises réformées ?

– Êtes-vous sérieux ? Cela demanderait un ajustement tellement radical et tellement rapide que...

Il s'interrompit pour réfléchir. Puis, pensant tout haut :

– Ni le pape ni les cardinaux clefs ne pourraient entreprendre un tel changement. Il faudrait les remplacer...

– Ce qui n'est pas un problème insoluble, enchaîna automatiquement Gordini.

D'Albini le regarda sans parler pendant un long moment.

Il se reprit soudain pour dire :

– Vous allez trop loin, mon ami. Mais il y a peut-être des éléments de votre proposition qui méritent d'être étudiés plus profondément.

Il se leva alors et prenant Gordini par les épaules, il le dirigea vers la porte en disant.

– Bon, il est tard. Prenez le temps de vous reposer.

Chapitre 9

Suite à l'entrevue lors de l'émission *CNN Tonight*, Yossef réalisa qu'il avait lancé une idée dont personne n'avait encore parlé : organiser des fêtes aux solstices et aux équinoxes sans la présence de Tania. Particulièrement aux États-Unis et dans plusieurs pays d'Europe, le *Petit Livre* avait déjà rallié beaucoup d'adeptes et les défections récentes aux églises chrétiennes confirmaient que ce n'était pas seulement le pouvoir de Tania qui intéressait les gens, mais aussi les idées véhiculées par le mouvement.

De retour à Oued Ellil, il en parla d'abord à Rafik, qui confirma immédiatement ses impressions. Effectivement, le mouvement gagnait des adeptes par simple propagation du *Petit Livre*, et sûrement aussi par les enseignements de plusieurs qui agissaient comme des missionnaires, des prédicateurs, mais sans direction donnée par le mouvement, l'Agneau lumineux de Dieu. Selon Rafik, cette approche était excellente car elle laissait entière liberté à tous, mais elle avait aussi ses faiblesses, entre autres la possibilité de voir apparaître de multiples interprétations du message véhiculé par le *Petit Livre*. Yossef en conclut que des fêtes locales, partout, contribueraient à uniformiser les interprétations du *Petit Livre*, surtout qu'au début, et en particulier tant que Tania vivrait, Oued Ellil pourrait l'envoyer ou envoyer des représentants aux fêtes locales, par rotation, ou selon un système restant à préciser.

Il en parla à Tania un soir, lors d'un dîner où ils étaient seuls.

— L'idée est excellente, dit-elle. J'y souscris pleinement. Ça me permettrait de voir tellement plus de gens, d'être exposée à tellement plus de personnes malades !

— Et les fêtes sans toi, tu y crois ?

– Mais oui, Yossef. L'Agneau lumineux de Dieu est maintenant une philosophie, une façon de vivre. Simple, peut-être, mais justement c'est parce qu'elle est simple qu'elle rejoint plus de gens. C'est la raison pour laquelle j'ai rallié ta cause, rappelle-toi.

– Ah bon ! Ce n'est pas parce que tu m'aimais...

Elle ne fit que le regarder avec un sourire complice, et lui prit la main.

¿ ¿ ¿

À Rome, le cardinal d'Albini n'avait pas oublié les propos échangés avec Pietro Gordini après l'émission *CNN Tonight* quelques semaines auparavant. Il fit venir Gordini à son bureau afin de pouvoir en parler avec lui. Il aborda directement le sujet, sans détour, comme il agissait toujours.

– Avez-vous eu le loisir de réfléchir à notre conversation d'il y a quelques semaines ?

– Oui, monseigneur.

– Et alors ? reprit le cardinal.

– Voici quelques idées. D'abord, Mahmoud Dayan, qui a infiltré l'Agneau respectueux de Dieu, comme ils ont appelé le mouvement basé au Caire, l'ARD, disent-ils entre eux, Mahmoud Dayan, dis-je, pourrait nous donner accès aux dirigeants d'Oued Ellil. À travers Omar Ahjedin, bien sûr. D'où leur élimination ne devient qu'un exercice de bonne planification. Incluant Tania Fixx et Yossef Al-Idrissi, nota Gordini en regardant le cardinal dans les yeux et en marquant un temps de silence.

– Ensuite, continua-t-il, en éliminant le pape et en le remplaçant par une personne plus... d'aujourd'hui, de même qu'en éliminant quelques cardinaux disons... nuisibles, nous pourrions apporter des corrections aux messages contemporains de l'Église et mettre de l'avant quelque chose d'infiniment plus convaincant et rassembleur, de mieux aligné avec les bases même de notre doctrine.

Le cardinal d'Albini le regardait sans rien dire. Il en avait vu bien d'autres durant sa longue carrière et un tel discours ne le choquait pas. À ses yeux, l'Église représentait la continuité de l'histoire, la sauvegarde de valeurs trop souvent oubliées, la sécurité dans un monde où les valeurs matérielles avaient réussi à ombrager la nature spirituelle des hommes. Pour sauver l'Église du désastre, il était prêt à tout.

— C'est très radical, dit le cardinal. Et, soyons franc, très fantaisiste.

— Vous croyez ? répondit Gordini, narquois.

— Cela nécessiterait des efforts qui dépassent nos possibilités, Pietro. Il faudrait nous associer une partie importante du cardinalat, provoquer une réforme religieuse sans précédent et la mettre de l'avant avec succès... Même avec nos moyens électroniques, il faudrait compter des années...

— Autrement, ajouta Gordini, vous savez comme moi que nous allons disparaître. Si rapidement que nous ne le réaliserons que trop tard.

— Nous pouvons peut-être ralentir le processus, suggéra le cardinal. Ce qui nous laisserait du temps pour souffler. Avez-vous pensé à une discréditation des dirigeants de l'Agneau lumineux de Dieu ? Par exemple, si madame Fixx ou son mari, ou les deux, pouvaient être associés à quelque chose de néfaste, ou contraire à leurs enseignements. Je ne sais pas...

— De criminel ? suggéra Gordini.

— Possiblement. Une tare quelconque, inventée peut-être, mais qui ferait son chemin...

— Pensez-vous à quelque chose de précis, monseigneur ?

– Non, pas encore. Mais n'a-t-on pas utilisé la mafia ? Ou plutôt madame Fixx n'a-t-elle pas déjà été secourue par la mafia ?

– Je vois, dit Gordini. Laissez-moi réfléchir à cette possibilité, monseigneur. Mais je reviens à notre idée d'utilisation d'armes égales. L'apparition d'un prédicateur nouveau, charismatique, propageant une version édulcorée d'un catéchisme chrétien qui rallierait les fidèles, et qui s'opposerait aux erreurs de l'Église en prêchant une nouvelle Église, ralentirait aussi l'Agneau lumineux de Dieu.

– Et qui serait cette personne ?

– Je ne sais pas. Je pense à une chute contrôlée de l'Église, et à une renaissance planifiée. Un peu à la façon dont l'empereur Constantin et l'Église de Rome du temps réussirent à imposer la foi romaine à l'empire en sacrifiant plusieurs éléments jugés nuisibles et en adoptant plusieurs des rites et fêtes païennes de l'époque.

– Vous vous égarez, Pietro. Et de toute façon, le temps nous manque.

– La violence de certaines actions provoque souvent des adaptations quasi instantanées, répondit Gordini gravement.

– La violence ?

– Un attentat réussi contre le Saint-Siège réglerait bien des problèmes.

Le cardinal regarda de nouveau Pietro Gordini longuement, sans dire un mot. Finalement, il le remercia de sa visite, lui promettant de lui revenir sous peu.

Chapitre 10

L e temps passait trop vite. Robert Ali avait déjà un an et Tania ne cessait de s'émerveiller du progrès de l'enfant. Il marchait depuis quelques semaines, portait des aliments à sa bouche, prononçait quelques mots. Elle et Yossef passaient le plus de temps possible avec lui, ce qui n'était jamais suffisant selon Tania.

Sa relation avec Yossef s'était resserrée. Prévoyant, tendre et généreux, ce dernier ne cessait de la surprendre par de petits gestes, de petites attentions aux moments les plus imprévus, comme s'il voulait constamment lui rappeler qu'il était là, qu'il pensait à elle. Sa longue période de solitude et d'abnégation qui avait suivi l'apparition de sa mystérieuse aura et de ses pouvoirs de guérison était donc réellement terminée. Même si elle devait vivre à l'abri des regards, des contacts et des convoitises du monde extérieur, elle ne faisait que partager le quotidien de la plupart des grandes vedettes et des personnes influentes de la planète, comme il en avait été de tout temps.

Les démarches visant à organiser des fêtes ailleurs qu'à Oued Ellil étaient déjà entreprises. Bernard Dunn et Ahmed Ben Salem coordonnaient ces efforts : Bernard avait des contacts partout et Ahmed était un organisateur et un gestionnaire chevronné, ses succès dans le domaine de la distribution alimentaire avant de se joindre à l'Agneau lumineux de Dieu en témoignant.

Dans un premier temps, comme l'Amérique était plus éloignée d'Oued Ellil que l'Europe, on avait décidé de se concentrer sur ce continent. Deux phases opérationnelles avaient été imaginées. La première visait l'organisation de fêtes en deux endroits stratégiques d'Amérique du Nord, soit Chicago et Mexico. Puis, dans un deuxième temps, on se concentrerait sur deux autres points stratégiques : Rio de

Janeiro et Buenos Aires. Tania resterait à Oued Ellil pour la fête du printemps, la plus importante, puis se déplacerait pour être présente aux fêtes extérieures, à tour de rôle, ce qui évidemment donnerait une dimension spéciale à la fête où elle se rendrait.

Afin de ne pas se placer dans une position difficile avec la CIA, laquelle avait joué un rôle si important dans les événements entourant le Trust Tania Fixx jusqu'à sa dissolution lorsque Tania s'était jointe à l'Agneau lumineux de Dieu, Bernard décida de les informer de leurs plans. Ces derniers se montrèrent curieux, mais sans plus. Ils confirmèrent qu'ils suivaient toujours les progrès de l'Agneau lumineux de Dieu sans donner de détails, et restèrent avares de tout commentaire sur le programme décrit par Bernard.

La logistique entourant l'organisation des fêtes de Chicago et Mexico monopolisait complètement Bernard et Amhed. Bernard, en particulier, passait beaucoup de temps soit à Chicago, soit à Mexico, et était justement à Chicago lorsqu'une nouvelle fit la une partout dans le monde : on y déclarait que selon des sources sûres, Tania Fixx entretenait des relations avec la mafia américaine et que des sommes d'argent importantes reliées à la drogue étaient impliquées.

Bernard était abasourdi. Il était à l'hôtel Silversmith, au centre-ville, regardant les nouvelles après son dîner lorsqu'il apprit ce qui se passait. Apparemment, un journal ou un magazine, il n'avait pas très bien saisi, avait reçu une information selon laquelle un personnage important de la mafia newyorkaise aurait été payé plusieurs millions pour acheter de la drogue dans une transaction reliée à madame Tania Fixx. Le présentateur précisait qu'après vérification de la source de cette information, il apparaissait qu'elle était véridique et que des précisions supplémentaires seraient données dès qu'elles deviendraient disponibles.

Comme c'était la nuit à Oued Ellil, il se coucha, dormit peu et à trois heures du matin, donc neuf heures à Oued Ellil, il appela Yossef, sachant que ce dernier serait alors au travail. Yossef venait d'être mis au courant de la situation.

– Oui, je sais Bernard, dit-il. Le centre d'appels est déjà submergé de messages.

– Comment Tania réagit-elle ?

– Calmement. Elle se demande ce à quoi ils font allusion au juste. À la transaction qui précéda sa libération des griffes d'Esteban ? Cela fait déjà plus de deux ans. Qui donc a intérêt à ramener ce sujet sur le tapis ?

– C'est ce que je me demande. D'abord, excepté le mafioso Joseph Samboni, le cartel Jesus Esteban, Pietro Gordini et nous-mêmes, personne d'autre n'a été mêlé à cet événement.

– J'ai révisé ce point avec Tania ce matin. Tu oublies par contre la fille de monsieur Esteban, l'évêque Villebas à Cali, et possiblement des associés de Jos Samboni.

– Bon. Qu'est-ce qu'on fait, Yossef ?

– Je crois qu'il nous serait facile d'effectuer rapidement quelques vérifications. Peux-tu communiquer avec la CIA ?

– Oui.

– Nous pourrions leur demander de nous aider en nous fournissant les numéros de téléphone personnels de Jos Samboni, de Jesus Esteban et de sa fille.

– Tu veux les appeler ?

– Moi, toi, ou Tania, je ne sais pas encore.

Bernard ne répondit pas. Finalement, Yossef ajouta.

– Peux-tu revenir à Oued Ellil pour quelques jours ?

– Oui. J'y serai d'ici vingt-quatre heures.

Bernard se recoucha et tenta de se reposer jusqu'à ce que le jour se soit levé.

À neuf heures, il communiqua avec le Mentor, son contact à la CIA. Celui-ci était bien sûr au courant des allégations concernant Tania

Fixx. Il ne fut pas surpris de la demande de Bernard, se bornant à lui demander de le rappeler une heure plus tard. Ce que fit Bernard.

– Vous avez une communication spéciale à faire à ces messieurs ? s'enquit le Mentor.

– Nous voulons vérifier s'ils sont impliqués dans la controverse qui nous préoccupe, répondit Bernard.

– Et vous croyez qu'ils vont vous répondre ? Vous donnez l'heure juste ?

– Vous savez, madame Fixx a profondément marqué la famille Esteban, de même que Jos Samboni. Nous pensons capitaliser sur cet état de fait.

– Je vous souhaite bonne chance, dit simplement le Mentor. Voici les numéros de téléphone mobiles personnels de Jesus Esteban, de sa fille, et de Jos Samboni.

Bernard prit un vol pour Tunis l'après-midi même et il était à Oued Ellil tard en soirée, heure locale.

Yossef avait organisé une rencontre dès neuf heures le lendemain. Il avait eu le temps de s'assurer que tout le monde serait présent, soit Tania, Ahmed, Samir qu'il fit revenir de Casablanca où il était en visite, Rafik et évidemment Bernard.

Yossef résuma d'abord les déclarations qui avaient été faites à leur sujet, puis continua.

– Voici la situation telle que je la vois. Quelqu'un essaie de nous nuire, assez adroitement car il utilise des faits réels inconnus de la population et des médias. Évidemment, il interprète ces faits de façon à discréditer Tania, et par ricochet l'Agneau lumineux de Dieu. Nous devons d'abord nous poser deux questions : qui essaie de nous nuire, puis pourquoi.

– Ce ne peut être Jos Samboni ni Jesus Esteban, dit Tania.

– Pourquoi ? demanda Ahmed. Ces derniers ont réussi un coup fabuleux en se faisant offrir une rançon pour te laisser aller. Ils pourraient fort bien être derrière une deuxième tentative de rançonnement.

– Sauf que le Vatican ne serait pas là, cette fois-ci, dit Bernard. Et tant Samboni qu'Esteban sont sûrement au courant de cette éventualité.

– Pourquoi ne pas communiquer avec ceux qui ont diffusé l'information ? demanda Tania. Nous sommes en droit de connaitre d'où viennent de telles affirmations.

– Ils vont se protéger derrière l'impossibilité de révéler leurs sources, répondit Bernard. C'est un privilège médiatique. À moins d'intenter des poursuites légales... et je ne crois pas que ce soit là la meilleure façon d'agir. Nous n'en avons pas le temps.

– Ce n'est pas Jos Samboni ou Jesus Esteban, reprit Tania. J'en suis persuadée. J'y vois plutôt une machination du Vatican. De Pietro Gordini.

– Ton séjour au Vatican t'a réellement marquée ! dit Ahmed.

– Non, Ahmed, Tania a peut-être raison, ajouta Rafik. Voyons les choses selon le point de vue de Rome : le *Petit Livre* se répand, il y a de plus en plus d'abjurations publiques, la bulle et les directives du Saint-Siège sont mal reçues, bref, une discréditation de l'Agneau lumineux de Dieu aiderait passablement leur cause !

– C'est une bonne analyse, dit Yossef.

– Peut-être, dit Samir. Admettons donc que ce soit le Vatican qui veut nous discréditer. Pourquoi ?

– Pour se justifier, dit Yossef. Ou pour gagner du temps.

– Gagner du temps ? reprit Bernard.

– Possiblement, ajouta Rafik. Rome a toujours eu plus d'un tour dans son sac. Un coup bas qui nous affaiblirait leur permettrait de mieux se positionner, de se reprendre en main. Ou quelque chose comme ça.

Le débat continua pendant un bon moment jusqu'à ce que tous réalisent que le Vatican était probablement derrière cette attaque.

– D'où on en arrive à une troisième question, dit alors Yossef : comment devons-nous réagir ?

– Une entrevue avec les médias ? suggéra Ahmed.

– Nous avons déjà reçu plusieurs demandes à cet effet, ajouta Yossef.

– Pour dire quoi ? reprit Tania. Que c'est faux ? Que nous croyons être pris à partie par le Vatican ?

– Non, ce ne serait pas habile, répondit Bernard. J'ai pensé à une approche. Voici comment nous pourrions nous y prendre.

Il exposa alors une façon de procéder simple, mais qui atteindrait son but si Tania avait vraiment réussi à impressionner tant le clan Esteban que Joseph Samboni lors de son séjour forcé en Colombie quelques années auparavant.

En après-midi, Bernard et Yossef passèrent du temps avec Tania afin de la préparer à la démarche qu'ils avaient finalement décidé d'adopter.

Le lendemain vers treize heures, Tania appela Jos Samboni. C'était l'heure du dîner à New York. Celui-ci répondit immédiatement.

– Jos Samboni.

– Monsieur Samboni, c'est Tania Fixx.

Celui-ci resta estomaqué et pris plusieurs secondes avant de réagir.

– Madame Fixx ! Mais oui, ça me fait plaisir de vous parler à nouveau. Vous allez bien ?

– Bien sûr, monsieur Samboni. Mais coupons court à ces préliminaires, s'il vous plait. Est-ce vous qui êtes derrière les déclarations à mon sujet ?

– J'ai été moi-même très surpris, madame. Croyez-moi, je n'y suis pour rien. J'ai d'ailleurs interrogé tout mon monde et personne n'est à l'origine de cette information. Qu'est-ce qu'on y gagnerait ?

– Je ne sais pas, monsieur, et vraiment je ne tiens pas à le savoir. Il me semblait par contre que la teneur de nos derniers propos n'amenait pas une telle action de votre part.

– Nos derniers propos ?

– Vous me disiez que si un jour vous aviez besoin de moi...

– Ah oui, c'est vrai.

– Puis-je vous poser une question peut-être indiscrète, monsieur ?

– Indiscrète, madame ?

– Avez-vous toujours des contacts avec le Vatican ?

– Ah non, madame. Nous n'entretenons pas de tels contacts.

– Et monsieur Gordini ?

– Ah... c'est vrai. Mais il nous a fait faux bond. Il a d'ailleurs été très impoli.

– C'est lui n'est-ce pas qui vous a payé pour me faire sortir de Colombie ?

– Peut-être, madame, il faudrait que je vérifie.

– Allons, monsieur Samboni. Soyons pratiques. Je crois que nous faisons face encore une fois à une manœuvre de Pietro Gordini. Vous connaissez sûrement les dernières démarches du Vatican afin de nous nuire.

– Vous savez, moi, la religion...

– Je vous demande une faveur, monsieur Samboni. Auriez-vous l'amabilité d'avertir les médias de la source et de l'utilisation des sommes qui ont été employées pour me libérer de Jesus Esteban ?

– Mais c'est délicat, madame. Ce serait avouer mes transactions avec Jesus Esteban.

– C'est à vous de révéler ce que vous voulez bien révéler, monsieur. Seulement, nous savons qu'un montant important vous a été remis par Pietro Gordini pour ma libération. Vous pouvez vous en tenir à cette information.

– Bon... Laissez-moi réfléchir à votre demande. Bien sûr, vous avez quelque chose à m'offrir en retour, n'est-ce pas ?

– Oui. Si vous ou votre famille immédiate avez besoin de moi pour un problème de santé, je serai là. Immédiatement.

– Ah... c'est gentil, madame, vraiment, très gentil. Je l'apprécie beaucoup. C'est déjà comme si vous faisiez partie de la famille.

– N'exagérons pas, monsieur Samboni. Alors vous acceptez ?

– Mais vous me demandez de dire la vérité, tout simplement. Alors je vais trouver un moyen de le faire, madame.

– Merci, monsieur Samboni. J'apprécierais que ce soit fait rapidement.

– Je sais, il faut battre le fer pendant qu'il est chaud.

– Je dois maintenant vous quitter. Merci encore une fois. Au revoir.

– Au revoir, madame, et merci de votre appel.

¿ ¿ ¿

Une semaine plus tard, Jos Samboni apparaissait aux nouvelles du soir des postes de télévision de New York. Il y déclarait qu'à la suite des informations qui couraient sur les supposés démêlés de Tania Fixx avec la mafia newyorkaise, c'était lui, un homme d'affaires bien connu de la ville, qui s'était chargé de négocier la libération de madame Fixx à la demande des autorités religieuses du Vatican, avec lesquelles sa famille maintenait des contacts étroits. Comme il entretenait des relations commerciales dans le domaine du café avec Jesus Esteban, lequel avait enlevé Tania Fixx parce qu'il était atteint d'un cancer, le Vatican lui avait demandé de l'aider dans une entreprise charitable et d'offrir une rançon à monsieur Esteban. Ce qu'il avait réussi à faire.

Il n'y avait donc aucun fondement aux supposés achats de drogue mentionnés par celui ou ceux qui avaient donné de fausses informations aux médias.

L'entrevue de Joseph Samboni relança la controverse entourant le Vatican. Comment se faisait-il que le Vatican soit intervenu pour libérer Tania Fixx alors qu'elle et le mouvement auquel elle appartenait faisaient maintenant l'objet de tant de rejet de la part de l'Église ? À cette question, la réponse officielle de l'Église fut habile et fort à propos. Elle répondit que ce n'était pas Tania Fixx qui était mise en cause, mais le *Petit Livre* et les enseignements de l'Agneau lumineux de Dieu, et que l'Église accueillerait Tania Fixx et lui viendrait de nouveau en aide si elle le demandait.

En fin de compte, la manœuvre tentée par Pietro Gordini pour discréditer Tania et l'Agneau lumineux de Dieu fit long feu. Gordini voyait très clairement que Tania ou Yossef et Samboni s'étaient parlé, et qu'une entente quelconque avait été négociée. Il n'avait pas prévu cette possibilité, ne s'était pas réellement mis dans leurs souliers. Heureusement, l'Église s'en tirait sans dommages, du moins pour l'instant.

Chapitre 11

À deux endroits en particulier, les réactions aux directives de Rome visant l'Agneau lumineux de Dieu et son *Petit Livre* n'étaient pas aussi virulentes : en république d'Irlande et en Pologne. D'abord, aucune abjuration n'avait encore eu lieu dans ces deux pays où l'Église regroupait en son sein plus de 85 % de la population. Elle était aussi très proche des autorités laïques, lesquelles n'agissaient pas sans mesurer au préalable les effets de leurs décisions auprès des représentants de Rome.

À la lueur des événements qui ébranlaient la chrétienté presque partout en Europe et en Amérique, les évêques de Pologne se réunirent d'urgence au sanctuaire marial de Jasna-Gora à Czestochowa afin d'étudier les mesures à prendre concernant les retombées des enseignements du *Petit Livre* sur la vie familiale, sociale et religieuse en Pologne. On jugea que le danger était réel, que le *Petit Livre* mettait en péril plusieurs acquis difficilement gagnés, en particulier l'illégalité de l'avortement, des mariages homosexuels et de l'euthanasie, et que tant la bulle du pape que la lettre de la Congrégation pour la Doctrine de la Foi apparaissaient très à propos afin de protéger l'Église de Pologne et ses fidèles contre ce qu'on appela la montée d'un Islam déguisé.

L'assemblée des évêques décida donc de créer la Mission pour la Foi, un comité qui serait dirigé par l'archevêque de Cracovie, monseigneur Jan Kowalski, afin de prendre toutes les mesures requises pour contrer la montée possible de l'Agneau lumineux de Dieu partout au pays.

Monseigneur Kowalski étudia plus en détail la situation pendant quelques semaines puis mit rapidement en place une série de mesures aptes à protéger la Pologne de cette vague antichrétienne qui frappait l'occident. Homme d'âge plus que mûr, intransigeant, ascétique et violemment antiféministe, il fit d'abord siennes les directives du cardinal

Guernara, de Mexico. Puis, il établit une brigade de surveillants dont le rôle était de s'assurer de la bonne observance des directives émises. Cette brigade, qui comprenait douze prêtres d'expérience, avait pour mandat de se déplacer et de visiter toute paroisse, tout établissement où le clergé était actif, et de rapporter toute déviation observée ou dont ils auraient entendu parler.

Monseigneur Kowalski eut aussi une idée brillante : pour souligner l'importance que la Mission pour la Foi avait à ses yeux, aux yeux de l'Église de Pologne et aux yeux du Saint-Siège, il décréta que les douze prêtres de la brigade volante porteraient une croix latine blanche à l'épaule droite, à la fois sur leur veston ou leur soutane ainsi que sur tout manteau. De plus, ces derniers se déplaceraient dans des automobiles noires identifiées par une croix latine blanche sur chacune des portières avant.

Les directives réservant l'aide du clergé aux seuls catholiques, la fermeture des endroits de culte aux non catholiques et la défense d'entrer en contact avec des non catholiques furent abondamment diffusées et commentées par les médias polonais, en particulier par la station radio Maryja, la station télévisée Trwam et le journal Nasz Dziennik, tous trois très près des autorités religieuses polonaises.

⸙ ⸙ ⸙

En Irlande, on se contenta d'émettre des mises en garde sévères contre les méfaits du *Petit Livre*. L'archevêque d'Armagh, après avoir consulté l'archevêque de Dublin, décida d'observer les réactions aux mesures prises en Pologne et au Mexique avant de prendre toute autre décision. On se contenta donc de demander à chaque paroisse de prononcer des sermons portant sur la sauvegarde des valeurs de l'Église, de la foi, et de bien faire voir les dangers que comportaient cet Islam dénaturé qui prenait racine partout. Tant la république d'Irlande que l'Irlande du Nord suivirent cette ligne de conduite.

≀ ≀ ≀

La Mission pour la Foi, basée à Cracovie, fit immédiatement parler d'elle. Dès la création de la brigade de surveillance, des événements pénibles eurent lieu. À Cracovie même, la brigade entreprit entre autres des visites dans les hospices opérés par des congrégations catholiques romaines. Dans un des hospices dirigés par la congrégation des sœurs Albertines, une voiture à croix latine se présenta aux portes de l'établissement à six heures trente un bon matin et deux prêtres vinrent frapper à la porte. Surprise par une visite si matinale, sœur Sophie Jablinski alla ouvrir et figea littéralement sur place. Sourire aux lèvres, deux prêtres à croix blanche s'identifièrent et demandèrent à consulter les registres des personnes hébergées par l'hospice.

La Mission pour la Foi avait déjà fait parler d'elle et sœur Sophie essaya de gagner du temps.

– Mais nous sommes encore fermés, il est trop tôt. Il n'y a personne aux registres avant huit heures. Il faudrait que vous reveniez plus tard.

– Ma chère sœur, dit l'un des prêtres, nous savons qu'il est tôt et justement, nous aimerions profiter du fait qu'il n'y a personne aux registres. Cela nous facilitera la tâche.

– Mais je ne sais pas... Il faudrait demander à notre directrice.

Le prêtre qui n'avait pas parlé entra alors brusquement à l'intérieur de l'hospice en poussant sœur Sophie de côté. Celle-ci faillit tomber et ne retrouva son équilibre que difficilement.

– Cessez de tergiverser, ma sœur, dit-il. Nous sommes en droit de faire nos vérifications. Où sont les registres ?

Sœur Sophie ne répondit pas, paraissant effrayée.

– Bon, on trouvera seuls, dit alors le même prêtre.

Il fit alors signe à son compagnon et tous deux entrèrent et se dirigèrent vers les bureaux qui bordaient l'entrée de l'hospice. C'était facile : chacun des bureaux était clairement identifié et l'un deux portait une plaque indiquant « Registraire ». Immédiatement, les deux prêtres se mirent à l'œuvre. Ils ouvrirent les meubles de classement, réussirent à retrouver les dossiers des personnes hébergées, soit des chemises contenant des formulaires d'information diverses, et se mirent à les sortir par piles, les plaçant sur les bureaux utilisés par le personnel. L'hospice hébergeait plus de quatre cents personnes. Assis aux bureaux, ils entamèrent leur vérification. Elle se bornait à retracer l'appartenance religieuse de chaque personne.

Les dossiers consultés étaient placés par terre, près des bureaux, sans ordre. Rapidement, les piles de dossiers au sol devinrent des masses de documents entremêlés, plusieurs des formulaires glissant de leurs chemises. Tout dossier jugé non conforme était soigneusement mis à l'écart sur chacun des bureaux : soit que l'appartenance religieuse n'était pas indiquée, ou encore que celle-ci ne soit pas reconnue valable, c'est-à-dire qu'elle soit autre que catholique romaine.

Sœur Sophie n'était pas restée inactive. Elle revint rapidement avec la directrice de l'établissement, sœur Magdalena Chlowski.

— Vous auriez peut-être pu nous prévenir de votre visite, dit sœur Magdalena.

— Nous ne le faisons jamais, ma sœur, dit l'un des prêtres. Mais nous apprécierions votre support dans la tâche difficile qui nous incombe. Vous savez comme moi que nous avons à cœur le bien de l'Église de Pologne et de ses fidèles. Pour le moment, veuillez simplement nous laisser travailler.

Environ deux heures plus tard, tous les dossiers avaient été vérifiés. Il y en avait huit non conformes. Les prêtres demandèrent alors à la sœur supérieure de les diriger vers chacune des personnes au dossier non conforme.

La première était une dame de quatre-vingt cinq ans selon le dossier. Elle était assise dans un fauteuil roulant, toute seule, dans une petite chambre.

– Vous êtes bien Inga Pietriski ?

La dame regardait le prêtre avec un petit sourire, sans dire un mot.

– C'est votre vrai nom, Pietriski ?

La dame cligna des yeux, et perdit son sourire. Mais elle ne répondit pas.

– Vous êtes catholique ?

La dame baissa la tête, sans répondre.

– Vous allez répondre à la fin ? dit le prêtre durement. Vous êtes catholique, oui ou non ? Vous êtes baptisée ?

– Elle est juive, dit alors sœur Magdalena. Sa famille a disparu dans les camps de la mort.

Le prêtre qui n'avait pas encore parlé dit alors :

– Elle doit sortir d'ici dans les vingt-quatre heures.

Il mit une note au dossier et prit le dossier suivant.

– Isabella Nowaka. Veuillez nous indiquer sa chambre.

Madame Nowaka était une grande malade alitée. Sœur Magdalena avisa les deux prêtres que cette dame ne vivrait pas au-delà de quelques mois.

– Elle est catholique ?

– Elle est russe orthodoxe.

– Vous me sortez ça d'ici vingt-quatre heures, dit froidement le prêtre.

La visite des personnes dont les dossiers étaient incomplets se solda par l'expulsion pure et simple de huit vieillards, cinq femmes et trois hommes. À défaut d'obtempérer, les deux prêtres menacèrent d'envoyer leurs représentants vider les lieux eux-mêmes. Sœur Magdalena leur demanda où devaient aller ces personnes démunies, on leur répondit que ce n'était pas le problème de l'Église et de communiquer avec les autorités civiles.

La même situation se produisit à Varsovie, ou une maison d'accueil pour filles-mères, gérée, encore une fois, par les sœurs Albertines, dut mettre à la porte trois jeunes filles non catholiques.

De telles situations se répétèrent par la suite à plusieurs reprises partout dans le pays. Rapidement, la vue même des autos à croix latine arrivant dans un établissement déclenchait une réaction de crainte, et la présence des prêtres à croix blanche, fouinant dans les dossiers, posant des questions à tout le monde, aux malades, aux vieillards, créait quelquefois la panique.

On alla même plus loin : la Mission pour la Foi offrit des récompenses en argent à quiconque dénonçait la présence d'un non catholique romain dans un établissement géré par l'Église de Pologne ou une congrégation catholique romaine. Et cette politique porta fruit : il y eut plusieurs dénonciations, et dans quelques cas, on découvrit que les dossiers des institutions impliquées avaient été manipulés pour protéger les occupants jugés « non conformes ». Cela créa des querelles internes virulentes que l'Église de Pologne régla en mettant immédiatement à l'écart tout religieux ou toute religieuse accusé de protection de non catholiques.

Dans les grandes villes, les églises et cathédrales étaient censées être fermées aux visiteurs et touristes non catholiques, ce qui donnait lieu à des scènes bizarres, souvent disgracieuses, où les préposés, des étudiants pour la plupart, essayaient d'expliquer cette nouvelle politique de l'Église de Pologne aux personnes jugées « suspectes » pour trop souvent se faire engueuler, voire insulter.

Les événements de Pologne firent la une des médias partout dans le monde. On fit immédiatement des parallèles entre la brigade de surveillance de la Mission pour la Foi et la vieille Gestapo nazie, ou encore le KGB russe.

Toute cette publicité choqua le cardinal Kowalski. Il publia de nombreux articles dans les journaux polonais justifiant le bien fondé des opérations effectuées par la Mission pour la Foi. En particulier, il accepta une entrevue télévisée par la station Trwam où certaines de ses réponses furent abondamment décriées.

– L'Église ne va-t-elle pas trop loin dans ses efforts de protection contre ce qu'elle appelle l'hérésie ? demanda à un certain moment la jeune femme qui interviewait le cardinal.

– Trop loin ? Mais elle ne va pas encore assez loin, ma petite dame, répondit d'un air hautain le cardinal. L'Islam, au moins, a le courage de ses idées et n'hésite pas à les imposer, s'il le faut.

– Êtes-vous en faveur des méthodes utilisées par l'Islam ? De la violence aussi ? répliqua l'animatrice.

– On corrige souvent un enfant en l'obligeant à obéir, vous n'êtes pas sans savoir cela, ma petite dame.

– Vous allez très loin, monseigneur. Ne croyez-vous pas justement que les enfants, comme vous le dites si bien, s'émancipent finalement de ce joug ? Ils vous quittent, tout simplement.

– Ils sont aveuglés par de faux prophètes prêchant une interprétation tordue de l'Islam justement pour les attirer dans leur piège.

– Vous êtes sincère, monseigneur ? demanda doucement l'animatrice.

– Il faut les aider, oui, je suis sincère. Mais il faut d'abord se protéger, se ressaisir, refaire ses forces. Et quand nous serons prêts, frapper un grand coup, ramener le Christ parmi nous.

$$\zeta \; \zeta \; \zeta$$

À Rome, le cardinal Balboa se permit de féliciter l'Église de Pologne pour la façon énergique avec laquelle cette dernière prenait les intérêts de l'Église catholique et de ses fidèles en main. Il recommanda aussi l'adoption des mesures mises de l'avant par le cardinal Kowalski dans une lettre adressée à tous les cardinaux de la chrétienté. Cette lettre parvint évidemment aux médias, sans qu'on sache comment. La plupart des analystes et commentateurs se bornèrent à rapporter la teneur des événements récents, la position de l'Église de Pologne et celle évidemment du Saint-Siège, sans trop insister sur leur impact. CNN, par contre, qui suivait depuis longtemps les événements reliés à Tania Fixx ainsi que l'évolution de l'Agneau lumineux de Dieu, alla beaucoup plus loin : il réussit à rejoindre l'évêque Paul Cross, qui avait publiquement renié ses liens avec Rome.

Paul Cross était interviewé à l'émission *CNN Tonight*. L'animateur entra immédiatement dans le vif du sujet.

– Vous venez de quitter l'Église catholique. Comment vous sentez-vous maintenant ?

– En paix. Mais triste.

– Triste ?

– Oui. Et déçu. L'Église a été ma raison de vivre toute ma vie. Et je ne suis plus très jeune pour prendre une direction dont je ne connais pas l'aboutissement.

– Vous croyez que l'Église fait fausse route ?

– Elle ne fait pas seulement fausse route ! Elle est carrément aux antipodes de ce qu'elle prêche !

– Pourquoi l'Église agit-elle ainsi ? demanda l'animateur.

– Par peur. Parce qu'elle est déconnectée de la réalité. Par lâcheté.

– Par lâcheté ?

– Il faut être lâche pour ne pas vouloir reconnaître ses erreurs et entreprendre de les corriger. Le Vatican se cache dans ses vérités d'un autre âge, dans sa structure archaïque.

– Quelle conduite devrait-elle prendre, selon vous ?

– Je ne sais pas… En tout cas, pas la conduite qu'elle a prise depuis peu. Il est peut-être temps que Rome se pose de sérieuses questions. Le tout est dépassé, je crois.

– Que pensez-vous des mesures de l'Église de Pologne ?

– Vraiment, je ne comprends pas ce qu'ils essaient d'accomplir. Leurs gestes sont immoraux. Totalement inhumains.

– C'est un peu fort, vous ne croyez pas ? commenta l'animateur.

– Non, ce n'est pas assez fort, au contraire ! Il faut arrêter de cacher les incohérences du Saint-Siège ! La misogynie millénaire du système, l'autoritarisme démesuré, les vérités moyenâgeuses, la chasse aux sorcières…

– Vous vous éloignez du sujet, monsieur Cross.

– Excusez-moi, reprit Paul Cross. C'est vrai que mon niveau de tolérance est très bas… Mais enfin, ce que j'essaie de dire est qu'il est temps que ça cesse.

– Que ça cesse ?

– Oui. Que les catholiques réagissent. Qu'ils manifestent leur désaccord. Qu'ils indiquent au Saint-Siège qu'ils ne sont plus prêts à l'écouter, à suivre ses directives.

– Comment ?

– En quittant l'Église. En abjurant. Publiquement, pour être bien compris.

– Vous prêchez l'extrémisme, ma foi !

– Vous savez, l'Église a parfaitement le droit de faire ce qu'elle veut, c'est une institution libre. Mais elle ne se préoccupe pas réellement de ses ouailles, de ses fidèles. Quelqu'un a déjà dit que le Christ est venu sur terre en promettant un nouveau royaume, et que ce royaume est l'Église de Rome !

– Que voulez-vous dire exactement ?

– Que l'Église ne se préoccupe que d'elle-même, de ses supposés vérités et préceptes, de sa structure et de ses prérogatives, sans aucune considération pour ses fidèles. Vous ne croyez pas que les événements en Pologne l'indiquent ?

– Je suis mal placé pour répondre à cette question, dit l'animateur. Mais je comprends votre point de vue. Bon, allons maintenant vers un autre sujet. Que comptez-vous faire dans les jours et mois qui viennent ?

– Aider ceux qui pourraient avoir besoin de moi. Et si je le puis, rejoindre l'Agneau lumineux de Dieu.

– Ah oui ?

– Je crois que je pourrais jouer un rôle utile.

– Ah bon ! Vous les avez contactés ?

– Non, pas encore. Mais ma présence ici est un contact, si je puis dire.

– Probablement. Bon, je vous souhaite bonne chance, monsieur Cross. Et merci d'être venu nous rencontrer !

Chapitre 12

P aul Cross réveilla plusieurs consciences endormies. L'entrevue avec CNN n'avait pas permis une discussion sophistiquée sur les voies possibles qu'aurait pu prendre Rome face à la montée de l'Agneau lumineux de Dieu, mais elle avait été assez percutante pour générer des prises de position un peu partout en Amérique et en Europe. Soudainement, plusieurs églises paroissiales virent leurs bancs se remplir aux messes du dimanche, et dès que le prêtre officiant apparaissait pour dire la messe, des fidèles se levaient et abjuraient publiquement, à haute voix, leur foi en l'Église catholique, puis quittaient les lieux. Ce phénomène prit une ampleur particulière aux États-Unis, en France, en Espagne et en Italie. En peu de temps, des centaines de milliers de fidèles avaient abjuré, et on craignait dans les hautes sphères de la chrétienté catholique que ce mouvement prenne une ampleur telle qu'il devienne incontrôlable.

Le Conseil Pontifical Justice et Paix et, surtout, la Congrégation pour la Doctrine de la Foi suivaient ces événements au jour le jour, chacun à leur façon : le Conseil Pontifical craignait la montée d'un tsunami anticatholique qui détruirait l'Église tandis que la Congrégation voyait plutôt l'Église faire face à une quasi hérésie qu'elle se devait de faire disparaître afin de maintenir ses fidèles dans la vraie voie. Mais c'est le Conseil Pontifical Justice et Paix qui posa les premiers gestes annonciateurs de ce qui allait se produire.

Devant les dangers que représentait à ses yeux la croissance d'un mouvement qui apparaissait assez violemment anticatholique, Monseigneur d'Albini demanda la permission au souverain pontife de réunir la secrétairerie d'État et les dirigeants des diverses congrégations, conseils et commissions de la Curie romaine qui conseillaient le pape et l'aidaient dans sa gestion des affaires de l'Église. Cela représentait trente personnes, plus le souverain pontife lui-même. Cette permission reçue, une rencontre eut lieu dans une des salles de réunion du secrétariat d'État. Des trente invités, seuls manquaient les cardinaux de la Congrégation pour le Clergé et ceux du Conseil Pontifical pour le dialogue interreligieux. Le cardinal d'Albini avait demandé au Saint-Père de présider la réunion, puis à Pietro Gordini de préparer un sommaire des événements qui frappaient la chrétienté depuis l'apparition de l'Agneau lumineux de Dieu et de Tania Fixx.

Le cardinal d'Albini ouvrit la réunion par un court discours sur les raisons d'une telle rencontre, lequel se terminait ainsi :

– Bref, très Saint-Père et chers membres de la Curie, nous croyons que l'Église est en sérieux danger. Pour la première fois de son histoire, l'Église fait face non pas à une hérésie, non pas à une pression extérieure venant d'une autre religion, mais à un abandon massif de ses fidèles, à des abjurations qui vont atteindre sous peu des millions de personnes et qui ne cessent de croître, sans qu'aucune mesure de notre part puisse y faire quelque chose. Au contraire.

Cette dernière phrase fut dite en regardant très froidement le cardinal Balboa, qui était assis non loin du cardinal d'Albini. Celui-ci poursuivit.

– Afin que nous puissions avoir une vision précise des événements qui nous ont menés à cette situation, j'ai demandé à mon chargé de mission, Pietro Gordini, de préparer un sommaire que je lui propose maintenant de vous présenter.

Pietro Gordini se leva et se dirigea vers le devant de la salle où un projecteur, un écran et un ordinateur portable étaient déjà installés. À l'aide de cartes, de graphiques, de photos et d'illustrations diverses, il réussit, en moins d'une heure, à relater de façon ordonnée et précise le phénomène Tania Fixx et la montée de l'Agneau lumineux de Dieu dans le monde jusqu'aux abjurations massives récentes. Sa conclusion fut la suivante.

– Comme vous le voyez, plus rien n'arrête le mouvement. Il se propage de lui-même, en fait je dirais qu'il se propage surtout en raison de nos bévues.

Un murmure parcourut la salle. Le cardinal Balboa serra les poings en se calant dans son fauteuil.

– Les positions de l'Église de Pologne accélèrent tout particulièrement les défections des fidèles, et nous craignons que leur adoption en d'autres endroits porte un coup fatal dont l'Église pourrait difficilement se relever. Je vous remercie de votre attention.

Gordini reprit ses documents et retourna à son fauteuil. Monseigneur d'Albini lui avait recommandé de ne pas ouvrir de débat en répondant à des questions, en fait à ne pas demander s'il y avait des questions. Il voulait imposer son propre agenda et orienter les débats à sa façon. Il reprit donc la parole et après avoir remercié Pietro Gordini pour son exposé précis et sans équivoque, il continua en faisant un rappel rapide des mesures prises par le Saint-Siège pour protéger l'Église contre l'Agneau lumineux de Dieu. Il ajouta.

– Très Saint-Père et chers amis, j'aimerais maintenant vous proposer trois éléments de discussion. Afin de procéder sans trop de désordre et avec le plus de célérité possible, je suggère que ces trois éléments soient dans un premier temps abordés en groupes restreints. J'ai donc divisé la salle en quatre sous-groupes d'environ huit personnes chacun et réservé des salles annexes afin que vous puissiez y discuter plus librement.

Il afficha alors à l'écran les noms des personnes et des salles auxquelles chacun était convié.

– Voici donc les trois sujets en question, continua-t-il.

1. Croyez-vous que les mesures prises à ce jour soient efficaces et capables de résoudre la situation dans laquelle nous nous trouvons ?

2. Quelles autres mesures devraient être prises pour nous sortir de cette impasse ?

3. Qui devrait prendre ces mesures, comment et dans quels délais ?

Chacun des sous-groupes devra présenter ses réponses au Saint-Père dans, disons, deux heures. Bon travail.

§ § §

Deux heures plus tard, tous étaient revenus à la salle de réunion principale. Sous la conduite du cardinal d'Albini, chaque sous-groupe fut invité à présenter ses réponses aux questions posées. Le pape, qui n'avait pas participé aux discussions des sous-groupes, écoutait attentivement les conclusions présentées.

Il s'avéra que des quatre sous-groupes de discussion, aucun ne put répondre sans ambiguïté à la première question. Les avis étaient partagés, certains croyant que l'approche était bonne, mais les mesures mal présentées, tandis que d'autres étaient horrifiés de voir l'Église prendre des mesures jugées contraires à ses propres normes de charité et de compassion. Quant à la deuxième question, deux courants de pensée ressortirent clairement : le premier était axé sur la protection d'un noyau restreint mais plus loyal de fidèles, quitte à abandonner tous les autres à leur sort. Les partisans de la ligne dure, de la répression, composaient la majeure partie de cette option. L'autre courant de pensée visait une réforme complète des enseignements de l'Église, et même le remplacement de plusieurs de ses porte-parole, afin de se rapprocher de l'ensemble de la chrétienté et de mieux propager les idéaux d'origine, supposément transmis par le Christ.

Les deux options se partageaient environ la moitié des membres de la Curie chacune.

Quant à la troisième question, tous étaient d'accord sur la nécessité immédiate des actions à entreprendre, mais aucun consensus ne put être obtenu sur qui devrait en être chargé et comment elles devraient être entreprises.

Devant ce manque de cohérence, le cardinal d'Albini s'adressa alors directement au Saint-Père.

– Votre Sainteté, dit-il, m'autorisez-vous à reformuler mes demandes afin d'en arriver plus facilement à un consensus ? J'aimerais vous suggérer que nous prenions une pause pour le déjeuner, et que je puisse soumettre l'assemblée à un vote dès notre retour sur la conduite que la Curie pourrait adopter concernant le problème auquel nous faisons face.

Le pape, qui était déçu des résultats obtenus jusqu'alors, acquiesça et l'assemblée fut levée pour ne reprendre qu'après le déjeuner, quatre-vingt-dix minutes plus tard.

Au retour, le cardinal d'Albini soumit immédiatement la Curie à un vote qui portait sur une seule question : croyez-vous que le Saint-Siège possède l'autorité, les membres et l'entourage pour régler la crise à laquelle nous faisons face ? Il avait débattu de la question avec le Saint-Père durant le déjeuner et ce dernier, devant les dangers présents, avait autorisé le vote.

Les résultats furent concluants : dix-sept des membres votants répondirent non, sur vingt-huit.

Le pape avait probablement anticipé cette réponse. La procédure était peut-être sans parallèle dans l'histoire de la papauté, mais les événements l'étaient aussi. Le pape demanda alors que la réunion soit levée jusqu'à ce qu'il annonce sa décision, qui tiendrait compte du résultat du vote.

§ § §

Une semaine plus tard, la nouvelle stupéfia le monde. Dans un communiqué transmis par l'*Osservatore Romano* et immédiatement repris par les médias du monde entier, le pape annonçait sa démission pour des raisons de santé. Aucune autre explication n'était donnée. Tous les essais de contact avec la Curie romaine restèrent vains. La démission prenait effet immédiatement et aucune directive ou mesure temporaire n'était indiquée, si ce n'est celle nommant le cardinal d'Albini évêque d'Ostie, en remplacement de l'évêque en place, le cardinal Umbertino, âgé de quatre-vingt-trois ans, trop malade pour occuper ses fonctions et trop vieux pour siéger au collège des cardinaux en tant que cardinal électeur. Cette nomination avait été faite à peine quelques jours avant la démission du pape et se voulait sa dernière action ou volonté.

On annonçait aussi que le conclave se réunirait sous peu, mais qu'auparavant, une Congrégation générale, réunissant les cardinaux ayant pouvoir de vote, se réunirait dans deux semaines afin de discuter du futur de l'Église et de l'élection elle-même. Cette congrégation générale serait sous la direction du cardinal d'Albini, maintenant doyen du collège des cardinaux depuis sa nomination en tant qu'évêque d'Ostie[1].

Quelques jours plus tard, une autre nouvelle atterra le monde, encore une fois : les cardinaux Alfonso de Ramirez de Balboa de la Congrégation pour la Doctrine de la Foi et Domingo Benetti, du Conseil Pontifical pour l'évangélisation des peuples, fonctions maintenant ineffectives depuis la démission du pape, périrent lors de l'explosion de la voiture dans laquelle ils se déplaçaient tous deux, à Rome. Le même jour, les cardinaux Kowalski, à Cracovie, et Guernara, à Mexico, étaient froidement assassinés par balles dans leurs résidences. C'était l'horreur. Le Vatican tremblait, de nombreux prélats n'osant plus se déplacer. On présuma que ces crimes étaient ou bien une manifestation extrême du ressentiment de la population de foi catholique romaine, ou encore

---

1 Depuis plusieurs siècles, le doyen et président du collège des cardinaux est par tradition l'évêque titulaire d'Ostie. Le pape Paul VI changea cette situation en 1965 en permettant aux cardinaux-évêques d'élire leur doyen s'ils le désiraient.

qu'ils avaient été commis par une organisation bien renseignée, en charge de l'Agneau lumineux de Dieu.

Personne ne réalisa l'illogisme de cette dernière possibilité, les décisions et actions des cardinaux assassinés étant loin de nuire à la cause de l'Agneau lumineux de Dieu.

Peu de temps après, lorsque le choc des assassinats fut passé, la Congrégation générale des cardinaux électeurs du pape se réunit au Vatican sous la présidence du cardinal d'Albini.

Après avoir déploré les assassinats récents et fait un brillant éloge des disparus, le cardinal d'Albini présenta un sommaire des discussions tenues lors de la rencontre des dirigeants de la Curie romaine. Il insista fortement sur la nécessité de nommer à la tête de l'Église un chef jeune, capable de reprendre les rennes du Saint-Siège en main et, surtout, de faire évoluer l'Église rapidement dans des directions nouvelles.

Des discussions animées et souvent fortement politisées amenèrent enfin à reconnaître que d'Albini avait raison. L'Église ne serait sauvée que si elle prenait le taureau par les cornes et qu'elle décidait de laisser derrière elle ses agissements passés. Elle se devait de faire un immense pas en avant.

Alors monseigneur d'Albini abattit sa carte maitresse. Il proposa ouvertement comme candidat à la papauté un jeune cardinal d'à peine cinquante ans, monseigneur Robert Porter, élevé au cardinalat et à la présidence du Conseil pontifical pour les communications sociales depuis peu, un poste maintenant sans effet depuis la démission du pape. C'était une procédure inhabituelle qui surprit toute l'assemblée : de telles propositions se faisaient habituellement à couvert, ou du moins sans nommer aussi expressément le ou les candidats intéressants.

Originaire de Chicago et issu de monde du travail et des médias, monseigneur Porter s'occupait de la pastorale et des communications à caractère religieux de syndicats aux États-Unis avant sa nomination à la présidence du Conseil pontifical. C'était un homme d'allure jeune, à l'esprit moderne, très libre dans ses pensées et dans ses interprétations de certaines positions du Saint-Siège. Grand, mince, le teint perpétuellement hâlé, les cheveux bruns à peine grisonnant sur les tempes, il tranchait nettement sur l'ensemble des membres présents à la réunion.

Personne n'avait prévu une telle proposition. Robert Porter avait été pressenti par le cardinal d'Albini quelques mois auparavant, soit peu de temps après les échanges qu'il avait eus avec Gordini faisant suite à l'entrevue de Tania Fixx et de Yossef Al-Idrissi à l'émission *CNN Tonight*. Il avait connu Robert Porter lors de travaux impliquant le Conseil pontifical pour les communications sociales que ce dernier présidait et avait été frappé par son charisme, ses idées parfois audacieuses et à contre courant, son modernisme. Il avait abordé très directement le sujet de la succession papale lors d'un lunch auquel il avait invité le cardinal Porter. Celui-ci avait d'abord réagi en riant.

– Mais voyons, le pape n'est pas malade, ni en perte de contrôle.

– Je suis sérieux, Robert. Vous permettez que je vous appelle Robert ? Tout le monde m'appelle d'Albini. Alors ne vous gênez pas ! Non, le pape n'est ni malade ni en perte de contrôle. Il n'a jamais eu de réel contrôle. C'est un homme effacé qui se fie à ses chargés de mission. Et c'est ce qui nous afflige. Il y a trop de petits princes qui veulent tout mener, chacun à sa façon. Ce qui crée des crises, des manques de consensus, des décisions périlleuses.

Le cardinal Porter l'écoutait, très attentif.

– La papauté, c'est d'abord un chef, Robert, une personne capable de communiquer, de convaincre. Je vous vois très bien dans un tel rôle, lâcha d'Albini avec un sourire.

– Vous n'êtes pas sérieux ! Dites-moi, avez-vous une faveur à me demander ? répondit Porter souriant lui aussi.

– Je suis très sérieux, au contraire, dit gravement d'Albini. D'ailleurs, je souhaiterais passer une journée avec vous afin de vous faire prendre conscience de la situation à laquelle nous faisons face et des mesures que nous pourrions adopter.

Plus tard, ils avaient effectivement passé toute une journée et une soirée ensemble. D'Albini, secondé par Pietro Gordini, avait exposé ses idées advenant la disparition ou la démission du pape. Il cacha les éléments trop extrémistes de sa vision, mais n'hésita pas à faire ressortir le besoin de renouveau, de remise en état de marche d'une église que lui et Gordini qualifiaient de moribonde.

D'abord surpris, le cardinal Porter s'était rapidement rallié à la vision de d'Albini et Gordini. Après quelques rencontres, il accepta de jouer un rôle dans ce renouveau s'il se présentait, quel que ce soit ce rôle. La papauté ne lui faisait pas peur.

¿ ¿ ¿

Le concile, réuni afin d'élire le nouveau pape, débuta dix jours plus tard. Il était présidé par le doyen du collège des cardinaux, monseigneur d'Albini.

Bouleversés par les événements qui ébranlaient l'Église, les attentats dont avaient été victimes quatre cardinaux et aussi par la démission surprise du pape, les cardinaux électeurs ne votèrent que pour deux candidats lors du premier tour de scrutin : le cardinal Porter, qui recueillit cinquante-deux pour cent des votes, et, de façon très inattendue, le cardinal d'Albini, qui reçut la balance des votes exprimés.

Surpris, d'Albini laissa aller. Il était flatté de cette nomination et ne fit rien durant les échanges préparatoires au deuxième tour de scrutin pour influencer le vote. En son for intérieur cependant, il ne se voyait pas assumer le rôle de souverain pontife. Il avait soixante-dix-huit ans et préférait seconder un chef plus jeune pendant quelques années plutôt que de devenir lui-même ce chef.

Au deuxième tour de scrutin, la situation se corsa. Chacun des candidats reçut exactement la moitié des votes effectués. Comme ce vote était le dernier de l'avant-midi, le président du conclave, doyen du collège des cardinaux et candidat à la papauté, monseigneur d'Albini, proposa une suspension pour se rendre déjeûner à l'hospice Sainte-Marthe, avec reprise à quatorze heures.

Le repas terminé, la plupart des cardinaux électeurs profitèrent des minutes avant la reprise pour se rendre à leur chambre, car tous résidaient à l'hospice. Quelques uns cependant discutaient entre eux. D'Albini en profita pour s'entretenir seul à seul avec le cardinal Porter.

— Alors Robert, vous êtes satisfait de la marche de l'élection ?

— Et vous d'Albini, vous attendiez-vous à être mis en nomination ?

— Franchement, c'est flatteur, mais je ne crois pas être le meilleur candidat.

Le cardinal Porter sourit.

— Vous êtes très diplomate, monseigneur.

— Non Robert, je suis réaliste. Je sais bien que mes chances d'être élu sont réelles, mais en toute franchise je serais plus à l'aise en vous secondant dans vos fonctions.

— Vraiment ? À quel titre ?

— Secrétaire d'État, répondit immédiatement d'Albini.

— Je n'y vois aucun problème, renchérit tout de suite Porter.

— Nous allons donc travailler en ce sens, ajouta d'Albini en plaçant la main sur l'épaule du cardinal Porter avant de le quitter pour se diriger vers sa chambre.

À la reprise de la réunion un peu plus tard, le président, toujours d'Albini, en profita pour faire une mise au point. Il résuma d'abord le déroulement des procédures qui s'amorçaient.

— Vous vous souvenez qu'encore cet après-midi, deux tours de scrutin auront lieu, soit les troisième et quatrième tours, à moins qu'un candidat reçoive les deux tiers des votes exprimés au troisième tour, l'élection étant alors mise en veille jusqu'à ce que le candidat élu accepte la papauté. S'il la refuse, d'autres tours de scrutin doivent avoir lieu. Mais je sais que vous êtes tous très conscient de cette démarche et à moins de questions de votre part, je vais procéder.

Il attendit quelques secondes et aucune question n'étant posée, il continua.

— Je dois maintenant vous parler des votes qui me placent à égalité avec monseigneur Porter. Je sais que c'est inhabituel et que cela constitue peut-être un précédent, mais je crois qu'en tant que président de ce conclave, je me dois de faire connaître ma pensée. Sachez d'abord que je remercie ceux qui m'ont accordé leur confiance. J'en suis touché, et flatté. Mais je ne peux accepter cette candidature. Pour être encore plus direct, je n'accepterais pas la papauté si j'étais élu. Voilà. J'aimerais maintenant que nous procédions au troisième tour de scrutin.

Ce fut le tour décisif : le cardinal Robert Porter fut élu pape avec soixante-dix pour cent des votes.

Quelques jours plus tard, pour bien se démarquer de ses prédécesseurs, il prit le nom de Robert 1er.

Chapitre 13

La première fête de solstice à l'extérieur d'Oued Ellil avait eu lieu à Chicago le mois précédent, la fête de l'automne, le vingt et un septembre, juste avant l'élection du pape Robert 1er. Parce que c'était un premier essai et qu'on voulait tester le concept d'une fête sans la présence de Tania, cette dernière n'y participa pas. Par contre, Yossef s'y rendit, de même que Bernard Dunn et Ahmed Ben Salem.

On avait finalement décidé d'utiliser le stade *Soldier Field*, sur le bord du lac Michigan, lequel pouvait accommoder au-delà de soixante-cinq-mille personnes en utilisant une partie des espaces de jeu du stade. Trois présentations avaient été planifiées : une le matin, une deuxième l'après-midi et la dernière durant la soirée. Ainsi, tout près de deux-cent-mille personnes pouvaient être reçues, gratuitement. Or, il s'en présenta beaucoup plus et on dut refuser des gens à chacune des présentations.

On avait érigé une scène circulaire au milieu du terrain de jeu, visible de partout, et chaque session comprenait une introduction musicale d'une vingtaine de minutes, suivie d'une présentation de Yossef qui racontait brièvement l'évolution de l'Agneau lumineux de Dieu, en insistant beaucoup sur la nature non religieuse du mouvement. Elle se terminait par la lecture du *Petit Livre* et des exhortations à la réflexion, au calme, particulièrement à la suite des événements qui se déroulaient à Rome. La présentation durait tout près d'une heure. Comme on avait installé des kiosques et des tables aux entrées du stade, on invitait les gens à se procurer un *Petit Livre*, qui leur était donné, et aussi, s'ils le désiraient, à faire une contribution. Le tout avait été télévisé et transmis en direct par la chaîne CNN, avec commentaires, analyses, rapprochements avec la démission du pape et les assassinats des cardinaux et même réactions de membres éminents du clergé islamique.

La fête eut un succès retentissant. La sérénité de Yossef, le sérieux des idées exprimées, la liberté laissée à chacun de mettre en pratique ou non les enseignements du *Petit Livre* ne pouvait que contraster violemment avec les positions du Vatican et les mesures qui avaient été mises en place en Pologne. Ainsi, la présence de Tania n'était plus une nécessité. Bien sûr, toute manifestation de sa part attirerait toujours des foules immenses, comme le prouvait justement la fête de l'automne qui s'était déroulée en même temps à Oued Ellil, où plus d'un demi-million de personnes s'étaient présentées. Mais l'Agneau lumineux de Dieu pouvait probablement exister sans elle.

§ § §

Yossef et l'équipe qui avait organisé la fête à Chicago venaient à peine de rentrer à Oued Ellil. On annonça alors que le nouveau pape Robert 1er s'était rendu à Varsovie pour une visite surprise et qu'il ferait une allocution télévisée spéciale, trois jours plus tard, où les journalistes seraient conviés. Cette nouvelle surprit le monde entier : dans le passé, le pape ne se déplaçait pas sans de longues et coûteuses préparations. Il devait donc y avoir urgence. Aussi, les papes passés n'avaient jamais fait de discours télévisés en présence de journalistes, et là encore on se perdait en conjectures sur la teneur de son allocution.

Effectivement, trois jours plus tard, un dimanche en début de soirée, le poste de télévision TRWAM diffusait une émission spéciale où le pape Robert 1er s'adressait au public.

On avait préparé une salle décorée de quelques drapeaux du Vatican et meublée d'un podium qui faisait face à des rangées de chaises sur lesquelles étaient déjà assis des journalistes de Pologne, mais aussi d'un peu partout en Europe et en Amérique. Tous avaient été avertis que le pape, d'origine américaine, s'exprimerait en anglais seulement.

À l'heure prévue, Robert 1er se présenta dans la salle. Tout le monde se leva, très surpris : le pape était vêtu d'un pantalon blanc, d'un veston blanc, d'une chemise blanche à col romain doré, et de souliers blancs. Une petite croix dorée était épinglée au revers droit de son veston. Tête nue, il salua les gens en souriant, tout en s'avançant vers le podium. On se mit alors à applaudir et Robert 1er dut finalement, sourire aux lèvres, leur faire signe de s'asseoir.

Il commença par remercier chaleureusement les journalistes d'avoir pris le temps de se déplacer pour venir l'écouter. Son langage était simple, familier, sans tournures religieuses. Il référait à lui-même en tant que « je », et non « nous », comme le faisaient ses prédécesseurs. Il prit quelques minutes pour déplorer la disparition des cardinaux assassinés récemment, en particulier le cardinal Kowalski, de Cracovie, dont il signala le dévouement. Mais aussitôt après, il enchaîna.

– Par contre, je dois réprouver les décisions prises par l'église de Pologne et en particulier par le cardinal Kowalski.

Il marqua alors un temps de silence pour bien faire valoir son point. Les journalistes étaient rivés à lui, attendant la suite de son discours.

– Pour être plus précis, plus direct devrais-je dire, je dois aussi réprouver certaines des décisions de mon prédécesseur. D'abord, la bulle *Quantae Difficultates* est annulée.

Un murmure s'éleva de l'assistance. Le pape attendit quelques instants avant de poursuivre.

– Cette bulle est une erreur. Je ne doute pas que les intentions de mon prédécesseur étaient bonnes, et qu'il croyait sincèrement que ses directives protégeraient certains de nos frères et sœurs, mais il faisait fausse route. Après avoir bien analysé cette bulle, je me dois de la faire disparaître. D'abord, l'Agneau lumineux de Dieu et le fameux *Petit Livre*, auxquels la bulle fait référence, ne sont absolument pas des éléments qui mettent en péril l'Église. Au contraire. J'ose même dire qu'une meilleure appréciation de leur message pourrait nous enrichir, et j'ouvre ici la porte aux gens de l'Agneau lumineux de Dieu à venir échanger avec moi à ce sujet, s'ils le désirent bien sûr.

Les journalistes écoutaient en silence, prenant des notes, n'osant interrompre le pape.

– Quant à l'Église de Pologne, je dois admettre qu'elle s'est trompée. La création de la Mission pour la Foi est une aventure malheureuse et les mesures mises de l'avant par le cardinal Kowalski sont contraires aux principes même de l'Église de Rome. En conséquence, la Mission pour la Foi n'existe plus depuis hier. Vous ne verrez plus la police à croix blanche dans vos villes et villages !

Le pape garda le silence pendant une seconde ou deux puis reprit.

– Voilà essentiellement ce que je voulais vous dire ce soir. J'espère que mon message en rassurera plusieurs. Je vous annonce aussi que je me prépare à visiter plusieurs autres villes dans les prochaines semaines, sans pouvoir vous en dire davantage car mes plans et itinéraires ne sont pas encore tout à fait déterminés. Mais, et ceci est important, j'ai l'intention de faire plusieurs mises au point, plusieurs corrections dans les périodes à venir. Je mettrai à profit chacune de mes visites pour vous tenir au courant, vous et tous les catholiques, tous les chrétiens, tous les hommes et toutes les femmes en fait. Maintenant je vais prendre quelques minutes pour répondre à vos questions.

Instantanément, tout le monde voulut parler en même temps. Le pape pointa son doigt vers une jeune femme, qui prit aussitôt la parole.

– Dorothy Carter de la BBC. Très Saint-Père, une bulle n'est-elle pas une manifestation de l'infaillibilité du pape et en l'annulant, n'êtes-vous pas en train de dire que le pape n'est plus infaillible ?

Le pape sourit et lui répondit.

– D'abord, madame Carter et vous tous, il n'est pas nécessaire de m'appeler Très-Saint-Père. Cela va peut-être vous sembler étrange, mais monsieur Porter fait aussi bien l'affaire !

La salle s'esclaffa de rire.

– Et pour répondre à votre question, la notion d'infaillibilité n'a plus sa place, je crois. C'est une question dépassée et au besoin je prendrai des mesures pour que de telles considérations n'affectent plus l'Église dans le futur.

Il pointa alors un journaliste plus âgé.

– Karol Wojak, du Nasz Dziennik. Très-Saint-Père, ou plutôt monsieur Porter se reprit-il, comment voyez-vous l'Islam dans tout ça ? L'Islam n'est-il pas derrière l'Agneau lumineux de Dieu ? N'est-il pas insidieusement en train de s'approprier un rôle plus important avec des enseignements modernisés ?

– Je ne crois pas, monsieur Wojak. Encore ici, ce sont de fausses allégations. Mes renseignements montrent plutôt que l'Agneau lumineux de Dieu n'a plus rien à voir avec nos religions contemporaines. Quant à l'Islam, je crois qu'il regarde aussi avec beaucoup de curiosité l'évolution de l'Agneau lumineux de Dieu.

Le pape continua à accepter des questions pendant quelques minutes de plus, puis il s'excusa de devoir achever la rencontre. Il remercia encore une fois et pendant qu'on se levait pour l'applaudir, il quitta la salle.

L'émission fut reprise partout, commentée, analysée à outrance. Tous les journaux parlèrent du nouveau pape, de son modernisme, de ses idées fracassantes. On se demandait d'ailleurs comment une telle évolution avait pu se faire si rapidement, compte tenu de la vétusté des structures de la Curie romaine et de l'archaïsme de plusieurs de ses administrateurs et dignitaires. Tout ce qu'il représentait fut l'objet de discussions et de comparaisons : son costume, sa jeunesse, sa façon de s'exprimer, son sourire, chacune de ses paroles.

Il venait de s'élever un vent nouveau venant du Vatican, et la chrétienté retenait son souffle, attendant les prochains événements avant de vraiment réagir.

Deuxième partie

À lutter avec les mêmes armes que ton ennemi,
tu deviendras comme lui.

Friedrich Nietzsche

mmédiatement après sa visite en Pologne, le pape Robert 1er organisa une consultation des cardinaux d'un tout nouveau genre : plutôt que de se conformer à l'usage et de tenir un consistoire extraordinaire, ce qui impliquait de lourdes procédures et de longs débats avant d'en arriver à des décisions souvent peu efficaces, il procéda plutôt en demandant à chaque grande région de nommer des délégués qui viendraient discuter de questions précises avec lui. Au total, trente cardinaux devaient être choisis à travers le monde, représentant grosso modo chacun une partie équivalente de la chrétienté catholique. Ces délégués étaient élus par les cardinaux qu'ils devaient représenter. De plus, chacun des groupes d'électeurs avait reçu une liste des questions qui seraient débattues par leur délégué. La première liste contenait trois éléments :

1. Les interprétations de la bible, des évangiles, des divers écrits et des dogmes sur lesquels se basait l'Église étaient-elles toujours appropriées ?

2. À quels problèmes l'humanité faisait-elle réellement face aujourd'hui et comment les enseignements de l'Église pourraient-ils mieux refléter et aider le monde contemporain ?

3. Comment les représentants de l'Église, soit son clergé, pourraient-ils mieux propager son message et ses enseignements ?

Les électeurs et leurs délégués étaient invités à débattre de ces sujets ensemble avant que les trente délégués choisis se réunissent à Rome.

Le pape tint sa première réunion un mois après la création de ce qu'il avait appelé son groupe de remue-méninges. Il n'y avait pas de temps à perdre. Il anima d'ailleurs lui-même cette première réunion. Elle dura trois jours.

Ce fut un échec.

Comme la plupart des délégués étaient des cardinaux plus attachés à la tradition et à leur prestige qu'à un bouleversement de leurs façons de faire et de penser, il n'y eu pas de consensus sur les sujets abordés. Au contraire, les quelques voix proposant des approches nouvelles, des remises en cause profondes, furent la plupart du temps prises à partie. Même le pape fut sévèrement critiqué à plusieurs reprises, certains l'accusant même de vouloir détruire ce qui avait pris plus de deux mille ans à édifier.

Robert 1er accusa le coup, mit fin à la réunion, et les renvoya tous chez eux. Comme le cardinal d'Albini était maintenant Secrétaire d'État de la Curie Romaine, il le convoqua pour étudier la situation avec lui.

Ce dernier était assis en face du pape. Il avait remplacé sa traditionnelle soutane par un complet noir et une chemise à col romain rouge, imitant ainsi bon nombre de jeunes ecclésiastiques qui avaient suivi l'exemple du pape et rajeuni leur tenue vestimentaire. C'était une indication sans équivoque de sa part, d'Albini étant un des cardinaux les plus âgés, de ceux que plusieurs considéraient auparavant comme faisant parie de la vieille garde. Son acharnement à vouloir sauver l'Église l'avait amené à reconsidérer son rôle de même que les façons d'y parvenir, et ses démarches afin d'amener Robert Porter à la papauté étaient à l'origine du renouveau qui se préparait. Il sirotait un café qu'un assistant lui avait servi à son arrivée.

Le pape l'avait accueilli avec chaleur et avait sorti quelques dossiers qu'il ouvrait maintenant devant lui.

– Mon cher d'Albini, je crois bien que notre stratégie a fait long feu. Ces vieux boucs ne réalisent vraiment pas la complexité de la situation à laquelle nous faisons face.

D'Albini sourit devant les termes qu'utilisait le pape pour décrire les cardinaux.

– La plupart vivent trop en vase clos pour prendre conscience du monde qui les entoure, dit-il. Ils se croient des princes dans un monde où les princes n'existent plus depuis longtemps.

– Mais ils représentent l'autorité, reprit le pape, et nous ne pouvons pas à ce stade-ci modifier les structures mêmes de l'Église. Pour être en mesure de réagir rapidement et de faire en sorte que l'Église soit prise au sérieux, il faut que nos représentants-clefs puissent évoluer avec nous. Ils ne le peuvent pas. Ou du moins la majorité en est incapable.

– Alors il faut les remplacer, dit doucement d'Albini.

Le pape le regarda sans dire un mot. Puis il reprit.

– Je suis heureux de constater que vous en arrivez aux mêmes conclusions que moi.

Il se leva alors, prit les dossiers qui étaient devant lui et invita le cardinal à le suivre dans une petite salle où un ordinateur et un projecteur étaient installés. Tous deux prirent place côte à côte à une table de travail, le pape s'assoyant devant l'ordinateur.

– Voici ce à quoi je pense, dit le pape.

Pendant plusieurs heures, Robert 1er et le cardinal révisèrent la composition du cardinalat et décidèrent du remplacement de soixante-douze cardinaux. Dans les jours qui suivirent, ils identifièrent quarante-huit remplaçants. Les nouveaux choisis étaient des personnes jeunes, souvent connues pour avoir des vues auparavant jugées compromettantes pour le Saint-Siège, mais maintenant tout à fait dans sa ligne de pensée et d'évolution. Quant aux cardinaux déchus, ils étaient tout simplement mis à la retraite, ou nommés à des fonctions secondaires sans importance.

Peu de temps après sa rencontre avec le cardinal, Robert 1er innova de nouveau. Il réunit un consistoire « électronique » afin de procéder au remplacement des cardinaux, tel que planifié. En fait, il utilisa une vidéoconférence, et réussit à rejoindre presque tout le monde. Le tout fut bref, radical et sans appel. Après avoir salué les participants, le pape annonça sa décision de procéder à un remaniement complet du cardinalat et annonça la mise à la retraite ou le transfert à des fonctions sans importance des soixante-douze cardinaux identifiés avec le cardinal d'Albini. Ces modifications prenaient effet instantanément et les personnes impliquées étaient invitées à rejoindre leurs nouveaux lieux de résidence dans les deux semaines suivantes. Des auxiliaires étaient aussi mis à leur disposition, au besoin, afin de les aider dans cette réassignation. Il termina la conférence en promettant aux cardinaux qui restaient en poste qu'il les recontacterait sous peu.

Ce qu'il fit trois jours plus tard. Il annonça alors la nomination de quarante-huit nouveaux cardinaux, qui tous participaient à la vidéoconférence. La plupart étaient de jeunes évêques déjà très impliqués dans leur diocèse. Quelques-uns étaient de simples prêtres, œuvrant dans des milieux difficiles ou à la tête d'organisations caritatives d'importance.

Ces nominations furent annoncées par *l'Osservatore Romano* et rendues publiques à l'aide de communiqués envoyés aux principales agences de presse. Évidemment, elles firent l'objet d'une énorme couverture médiatique, l'importance d'un tel changement n'échappant pas aux analystes qui y voyaient une étape additionnelle dans le cheminement de l'Église vers un renouveau sans précédent.

Chapitre 15

Bernard Dunn revenait de Mexico où il avait complété les arrangements pour la fête du solstice d'hiver, le vingt et un décembre prochain, dans un peu plus d'un mois. Comme à Chicago, l'endroit choisi était un stade, le stade Azteca, lequel pouvait accueillir plus de cent-cinq-mille personnes. Fort de l'expérience réussie de Chicago, tout devait être coordonné par Ahmed. Sauf qu'à Mexico, Tania serait présente.

À peine quelques jours après avoir repris son travail à Oued Ellil, il reçut un courriel qui le laissa songeur. Ce dernier se lisait ainsi :

Bonjour monsieur Dunn,

Je représente une personne influente du gouvernement de la République populaire de Chine et j'aimerais vous rencontrer. Je serai à Tunis dans deux jours et je vous demande de bien vouloir me recevoir afin de discuter d'un problème urgent.

Vous remerciant de votre compréhension,

Chang Li

Quoique perplexe, Bernard répondit qu'il serait heureux de le rencontrer et lui fixa un rendez-vous à quatorze heures deux jours plus tard. Il en parla brièvement à Yossef, qui, comme lui, pensait qu'il s'agissait probablement d'une demande d'aide pour une personne importante atteinte d'un mal incurable.

Monsieur Chang se présenta tel que prévu à Oued Ellil, accompagné d'un jeune homme qui agissait en tant qu'adjoint et d'une jeune femme qu'il identifia comme sa secrétaire. C'était un homme dans la quarantaine, petit, très mince, les cheveux et les yeux noirs, impeccablement vêtu d'un costume bleu marine, d'une chemise blanche et d'une cravate au goût du jour. Tous trois durent d'abord passer à une station d'inspection, laquelle était en tous points semblable aux installations qu'on retrouvait dans les aéroports.

Bernard les dirigea vers une salle de réunion attenante à son bureau, leur offrit un rafraîchissement, s'excusa de devoir suivre les procédures de contrôle que la sécurité des lieux et des personnes exigeait, et attendit que monsieur Chang prenne la parole. Ce dernier lui présenta d'abord sa carte d'affaires, de façon très solennelle, ce que fit aussi son adjoint. Monsieur Chang parlait un anglais parfait, avec un léger accent britannique. Il accepta la carte d'affaires que Bernard lui tendait, et la plaça bien en vue devant lui.

– Je fais partie du bureau du conciliateur d'État Huopang Deng, ou plutôt de monsieur Deng Huopang comme vous diriez ici, commença monsieur Chang. Ce dernier suit de très près l'évolution de votre mouvement et comme ses responsabilités touchent au domaine de la santé publique, il m'a demandé de venir vous rencontrer.

– Monsieur Huopang est ministre de la santé ? demanda Bernard.

– Pas exactement, répondit Chang. Notre système est peut-être un peu compliqué, mais disons que la santé des travailleurs chinois est un élément de ses responsabilités.

– Monsieur Huopang est-il malade ? questionna Bernard.

Li Chang eut un sourire.

– Ce n'est pas le but de ma visite, monsieur Dunn. Deng Huopang est en parfaite santé. C'est un homme d'à peine quarante ans. Je voudrais plutôt vous parler de vos fêtes.

– De nos fêtes ?

– Oui. Nous savons qu'elles ont lieu aux solstices et aux équinoxes. Je crois aussi que vous envisagez de les célébrer ailleurs qu'en Tunisie, entre autre en Amérique, et probablement en Europe.

– Effectivement. Nous nous préparons à célébrer le solstice d'hiver à Mexico, de même qu'à Oued Ellil, évidemment. Mais nous n'avons pas encore de plans pour l'Europe.

– C'est ce que nous savons déjà. Vous connaissez un peu la Chine, monsieur Dunn ? Laissez-moi vous montrer quelques photos.

Il se tourna alors vers la jeune femme qui sortit un album de son attaché-case et le lui remit. Il le plaça devant Bernard et le feuilleta rapidement avec lui, identifiant les villes et différents endroits représentés.

Bernard fut impressionné par le modernisme et l'ampleur des endroits illustrés, tout en se demandant où monsieur Chang voulait réellement en venir.

– Vous pouvez garder cet album, continua Li Chang.

– Je vous en remercie beaucoup, dit Bernard, mais je suppose que vous n'êtes pas venu jusqu'ici pour me remettre un album de photos.

– Nous aimerions que vous organisiez des fêtes chez nous, dit alors simplement Li Chang.

Bernard ne répondit pas. Il attendait que Chang ajoute quelques précisions.

– Vous savez que la République populaire de Chine, bien qu'elle ne prône pas l'adhérence à des mouvements religieux, les tolère tout de même, ajouta Chang.

– Mais nous ne sommes pas un mouvement religieux, précisa Bernard.

– Non. Par contre, votre *Petit Livre* contient un message qu'on peut apparenter à une certaine spiritualité. Et ceci nous intéresse.

Bernard était surpris.

– Vous intéresse ? Pourquoi ?

– Parce que justement vous ne vous reliez à aucune religion. Vous transcendez toute religion, en quelque sorte, et cette idéologie nous plaît. Votre *Petit Livre* ajoute une dimension intéressante à notre façon de voir.

Bernard ne savait pas comment réagir. Cette demande était tout à fait imprévue et ne cadrait pas avec les plans de l'Agneau lumineux de Dieu.

– Je ne sais réellement pas comment vous répondre, monsieur Chang, finit-il par dire. Vous êtes intéressé à une fête en particulier, à un événement spécial que vous tenez à souligner ?

– Nous aimerions vous voir célébrer toutes vos fêtes chez nous. Et le plus souvent possible avec madame Fixx.

Bernard marqua un temps de silence. Chang et ses deux acolytes l'observaient, attendant une réaction de sa part. La secrétaire notait tout ce qui se disait dans un cahier ligné, en caractères chinois.

– Vous réalisez sûrement que je ne peux pas prendre une telle décision sans d'abord consulter les dirigeants de l'Agneau lumineux de Dieu, dit finalement Bernard.

– Nous en sommes conscients, répondit Chang. Mais je crois que toute la haute direction est actuellement à Oued Ellil. Est-ce que je me trompe ?

Bernard regarda Chang quelques secondes avant de répondre, se demandant comment ce dernier pouvait être au courant d'une telle information.

– Vous ne faites pas erreur, dit-il.

– Alors voici ce que je vous propose. Nous avons quelques affaires à discuter en Afrique centrale, de nature économique, bien sûr. Nous pourrions nous revoir de nouveau dans trois jours. Serait-ce possible ?

– Laissez-moi vérifier, répondit Bernard.

Il se leva de son fauteuil, se dirigea vers l'appareil téléphonique posé sur une commode près du mur et appela Yossef, lui demandant si lui et Tania seraient disponibles pour une rencontre avec monsieur Chang dans trois jours. Il lui indiqua que cette rencontre serait importante et qu'il leur donnerait tous les détails un peu plus tard.

Reposant l'appareil, il revint à la table de rencontre.

    – C'est possible, monsieur Chang. À quatorze heures, dans trois jours. Yossef Al-Idrissi, qui dirige l'Agneau lumineux de Dieu, ainsi que madame Fixx seront heureux de vous recevoir.

Chang se leva alors, remercia chaleureusement Bernard du temps qu'il leur avait consacré, et accompagné de son adjoint ainsi que de sa secrétaire, se dirigea vers la porte. Bernard les raccompagna jusqu'à la sortie, où une limousine noire et un chauffeur les attendait, très ouvertement surveillé par deux gardes de sécurité de l'Agneau lumineux de Dieu.

    Immédiatement après ce départ, Bernard rappela Yossef pour organiser une rencontre le lendemain matin.

⸮ ⸮ ⸮

Yossef, Tania et Bernard prenaient le petit déjeuner ensemble dans la salle commune de la résidence. Robert Ali était dans sa chaise d'enfant, gazouillant tout en grignotant un biscuit.

    Bernard venait de leur résumer sa rencontre de la veille avec Li Chang.

    – C'est inattendu, commenta Yossef. Surtout que nous n'avons jamais porté attention à l'Asie, que ce soit le Japon, l'Inde ou la Chine. Mais ce n'est pas une demande qui devrait nous surprendre. Les pouvoirs de Tania auraient d'ailleurs dû les intéresser plus tôt. À moins que d'autres intérêts les motivent. Ce que tu sembles vouloir nous indiquer, Bernard.

– Compte tenu de leur organisation politique et économique, reprit Tania, je crois au contraire qu'un tel contact ne pouvait se faire qu'à travers leur appareil gouvernemental.

– Possiblement, répondit Bernard. Mais je ne comprends toujours pas cet intérêt soudain. Certes, les pouvoirs de Tania auraient dû les intéresser, et une demande de nature médicale aurait été parfaitement de mise.

– C'est vrai, dit Yossef.

– Les autorités chinoises ne sont pas considérées comme très ouvertes aux concepts de notre société, qui diffèrent des leurs, reprit Bernard. Vraiment, je ne sais pas. Une ouverture au message véhiculé par le *Petit Livre* ? Un message de nature spirituelle ? Et pourquoi viser toutes nos fêtes ? Il a été très clair à ce sujet. Ils nous demandent de célébrer toutes nos fêtes chez eux.

– C'est effectivement surprenant, dit Yossef. C'est un point à clarifier. Malheureusement, nous n'en savons pas beaucoup sur les rouages internes du système chinois et il nous est presque impossible d'en apprendre plus avant de les rencontrer à nouveau.

– Alors soyons tout simplement honnêtes et francs, dit Tania. Posons-leur directement les questions qui nous préoccupent. Nous verrons bien. Mais de prime abord, j'aime bien cet intérêt qu'ils portent au *Petit Livre*, à l'élément spirituel de nos enseignements.

※ ※ ※

Monsieur Chang et ses aides se présentèrent à l'heure dite deux jours plus tard. Après l'inspection usuelle, Bernard les accueillit et les dirigea vers une salle de rencontre à l'étage, où Yossef et Tania les attendaient.

Dès qu'ils aperçurent Tania, Chang et ses assistants figèrent sur place. La secrétaire échappa même sans s'en rendre compte l'attaché-case qu'elle tenait à la main. Tania avait revêtu une robe noire aux genoux, à manches courtes, et l'éclat de son aura lui donnait un air féérique, irréel. Elle illuminait littéralement tout autour d'elle et semblait une sorte d'ange de lumière sorti d'un monde inconnu. Elle s'avança vers Li Chang qu'elle reconnut à la description qu'en avait faite Bernard, et lui tendit la main.

– Il me fait plaisir de vous rencontrer, monsieur Chang, dit-elle.

Ce dernier ne réagissait pas. Tania souriait et attendait toujours, la main tendue. Finalement, il reprit ses sens et lui serra la main.

– Je vous remercie de nous recevoir, madame Fixx. Et veuillez excuser mon comportement. Vous êtes... éblouissante, littéralement. La télévision ne vous rend pas justice. Je vous présente Chou Tsing, mon adjoint, et ma secrétaire, Mei Lang.

Ces derniers reprirent contact avec la réalité lorsque leurs noms furent prononcés. Mademoiselle Lang en particulier semblait totalement subjuguée et ne pouvait s'empêcher d'examiner Tania sous tous les angles.

Yossef prit alors la parole.

– Assoyez-vous, je vous en prie.

Quand tout le monde fut confortablement installé, il continua :

– Bernard Dunn nous a fait part de votre demande, monsieur Chang, et j'avoue que cela nous a surpris. Nous comprenons votre intérêt à recevoir madame Fixx chez vous, mais qu'est-ce qui motive l'organisation de nos fêtes dans votre pays ?

– Votre approche, tout simplement. Vous ne vous identifiez à aucune religion et pourtant, vous véhiculez un message très... spirituel, et humanitaire, aussi.

– Notre compréhension de votre système, disons, politique, ajouta
Tania, ne nous indique pas de telles préoccupations. La Chine
est-elle encore en train de changer ?

– La Chine change continuellement, madame Fixx. Nos
réalisations récentes en sont la plus belle preuve. Et comme tout
autre régime ou système, nous ne sommes pas à l'abri d'erreurs.

– Je repose donc ma question, dit Yossef. La République populaire
de Chine a-t-elle l'intention de parrainer l'Agneau lumineux
de Dieu ?

– Indirectement peut-être, monsieur Al-Idrissi. Nous croyons
que l'impact de madame Fixx sur la population, en fait sur
l'imaginaire populaire, ainsi que le message du *Petit Livre*,
correspondent aux objectifs que nous poursuivons.

– Vous nous surprenez beaucoup, ajouta Tania. Vous voudrez
bien excuser notre ignorance, monsieur Chang, mais personne
ici n'est au courant des objectifs auxquels vous faites allusion.
Pourriez-vous nous en parler brièvement ?

– Cela me ferait un grand plaisir, mais je crois que de telles
considérations débordent du cadre de ma visite et nécessiteraient
beaucoup plus de temps que les quelques heures que nous avons
devant nous. Monsieur Huopang serait plus à même de vous
entretenir sur ce sujet.

Yossef et Tania se rendaient bien compte que Li Chang ou bien ne
connaissait pas les buts réels visés par le gouvernement chinois, ou bien
ne pouvait leur en dire plus.

Bernard demanda alors.

– Quand souhaiteriez-vous accueillir madame Fixx chez vous ?

– Il est évidemment trop tard pour penser à la fête du vingt et un
décembre prochain, mais nous serions très heureux de recevoir

madame Fixx à la fête du printemps. Ce serait une magnifique introduction de votre pensée chez nous.

– Cette fête est très importante ici, monsieur Chang, et elle le sera aussi en Amérique, dit Tania.

– Nous en sommes très conscients, madame. Aussi avons-nous pensé que votre fête de la lumière, ou du printemps, pourrait peut-être avoir lieu quelques jours plus tard en Chine. Nous célébrons la fête de Qing Ming le cinq avril de chaque année, cette fête étant chez nous associée à la pureté et, aussi, à la lumière. C'est un jour férié. Une des activités reliées à cette fête est le souvenir des parents décédés, et de nombreuses familles en profitent pour visiter les cimetières et orner de fleurs les tombes de leurs disparus. Peut-être pourrions-nous en profiter pour y associer aussi la santé des vivants, la guérison des malades, et généralement les messages que vous véhiculez.

– C'est très intéressant, répliqua aussitôt Tania. Quelle est l'origine de cette fête ?

– Elle se perd dans la nuit des temps, madame Fixx. C'était originellement une fête associée au cycle agricole, qui a évolué pour ne plus représenter aujourd'hui qu'une journée de repos à la campagne, ou une visite au cimetière. Il y reste par contre une forte charge spirituelle.

– Où se tiendrait cet événement ? demanda Tania.

– À Beijing, madame. Nos installations olympiques seraient utilisées afin d'accueillir et possiblement loger le plus de gens possible.

– Je vois, répondit Tania.

– Comme le dit mon épouse, reprit Yossef, c'est en effet intéressant. Mais très inattendu. Au risque de me répéter, monsieur Chang, nous sommes tous extrêmement surpris de votre intérêt. Et flatté aussi. L'idée même de voir la Chine adopter ne serait-ce qu'une partie de ce que nous essayons de propager représente un immense pas en avant pour nous. Je suis certain que vous réalisez cela.

Chang ne répondit pas, se contentant de sourire.

– Habituellement, de telles demandes visent l'exercice des pouvoirs de Tania, continua Yossef. Pourquoi n'est-ce pas le cas ?

– Nous aurions été très honorés de recevoir la visite de madame Fixx n'importe où chez nous, répondit Chang, avec le sourire. Comme je suis certain que tous les pays où vous avez décidé de guérir des malades ont été honorés de vous recevoir chez eux.

Chang marquait un point et Yossef accusa le coup. Ni le Trust Tania Fixx, ni l'Agneau lumineux de Dieu ne s'étaient intéressés à la Chine, ou à ses malades. Il le savait et il l'avait signalé lui-même quelques jours plus tôt.

– Vous avez raison, reprit Yossef. Et je vous comprends. Croyez-moi, cette situation n'est pas due à un manque de considération pour vos malades ou votre pays.

Il garda le silence pendant une ou deux secondes, replaçant machinalement ses documents sur la table.

– Voici ce que je propose, dit-il finalement. Nous serions heureux de vous faire visiter nos installations, en particulier celles que nous utilisons lors de nos fêtes ici, à Oued Ellil. Cette visite prend environ une heure. Pendant ce temps, Bernard, Tania et moi-même allons rapidement étudier votre proposition, monsieur Chang. Pouvez-vous rester avec nous pendant encore quelques heures ?

– Bien sûr, avec plaisir.

– Alors procédons immédiatement, termina Yossef.

– Ce monsieur Chang est habile, commença Yossef dès que leurs visiteurs furent pris en main par Ahmed, qui devait leur faire visiter leurs installations.

– Opportuniste plutôt, dit Bernard.

– Nous n'en savons toujours pas davantage sur les raisons profondes de leur intérêt, ajouta Yossef.

– Par contre, monsieur Chang nous offre une réelle occasion de déborder de nos frontières, dit Tania, d'offrir notre message à toute cette partie du monde que nous n'avons que rarement le loisir de côtoyer, d'influencer, du moins spirituellement.

– Spirituellement seulement, parce que matériellement, notre impact sur ce continent est sans précédent. Nous n'avons qu'à feuilleter le magnifique album que Chang m'a remis lors de notre première rencontre, ajouta Bernard en poussant l'album devant Yossef et Tania.

Ces derniers prirent quelques instants pour feuilleter rapidement l'album.

– Nous prêchons la liberté et l'entraide, dit enfin Tania, et monsieur Chang nous demande en quelque sorte notre aide. Que ce soit en Chine, au Cameroun, en Bolivie, en Norvège, je ne vois pas quelle différence cela représente. Que le gouvernement chinois nous approche pour nous demander de participer à une fête et de partager le message du *Petit Livre* est un honneur et je crois que nous devons le considérer ainsi.

La visite prit un peu plus d'une heure. À leur retour, Li Chang et ses assistants se virent offrir des rafraîchissements, puis ils rencontrèrent de nouveau Yossef, Tania et Bernard.

Après quelques échanges et commentaires sur la visite, Yossef indiqua.

– Nous avons rapidement jonglé avec notre calendrier monsieur Chang, et nous sommes heureux de vous annoncer qu'il nous fera extrêmement plaisir d'être à Beijing en avril prochain pour la fête de Qing Ming.

Li Chang de même que Chou Tsing et mademoiselle Ling affichèrent un grand sourire.

– Évidemment, dit alors Li Chang, nous assumons tous les frais reliés à cette visite. Nous vous remercions de votre intérêt.

La rencontre se termina peu après, Li Chang promettant de leur faire parvenir des informations additionnelles dès son retour en Chine. Yossef nomma Bernard coordonnateur des relations avec la Chine.

Chapitre 16

À la mi-décembre, le pape Robert 1er annonça qu'il planifiait de fêter le nouvel an à Mexico. Un programme d'activités fut communiqué aux médias. Il comprenait une allocution aux fidèles à la cathédrale métropolitaine de Mexico, diffusée par la chaîne Televisa, et une visite de quelques lieux historiques d'importance. Le séjour ne devait durer que deux jours.

Cette visite suivait de très près la fête du solstice d'hiver, qui avait lieu du vingt au vingt-trois décembre, juste avant Noël. Bernard Dunn et Ahmed Ben Salem complétaient sur place les derniers préparatifs de cette fête. L'arrivée de Tania et de Yossef était prévue pour le dix-neuf, dans quelques jours seulement. On avait initialement pensé à une présentation similaire à ce qui se faisait à Oued Ellil, cependant il était impossible de faire circuler Tania ou de la présenter personnellement à plus de cent-mille personnes assises dans un stade. Même en allouant au plus trois secondes à chaque personne, il faudrait plus de quatre-vingt heures pour y arriver. On décida donc de scinder la fête en étapes. La première étape, qui durerait une journée, celle du vingt décembre, consisterait en des visites de Tania à des malades dans les hôpitaux, comme elle le faisait avant de se joindre à L'Agneau lumineux de Dieu. La deuxième étape, échelonnée sur deux jours, soit les vingt et un et vingt-deux décembre, se déroulerait au stade, comme à Chicago, où trois présentations par jour seraient faites, chacune étant animée à la fois par Yossef et Tania. Bernard avait longtemps hésité face à cette formule. Finalement, il ne s'était décidé qu'après avoir constaté l'impressionnant dispositif de sécurité prévu pour l'occasion. On craignait un débordement de la foule, car tous voudraient approcher Tania, la toucher, être guéris par son aura, ce qui provoquerait une situation similaire à ce que le TTF avait vécu quelques années plus tôt à Mexico. Finalement, la troisième étape, programmée le 23 décembre, consisterait, encore une fois, en des visites aux hôpitaux.

Tania et Yossef arrivèrent le dix-neuf décembre. Comme toujours, tant le personnel de sécurité de l'Agneau lumineux de Dieu que la police de Mexico firent en sorte que leur transfert à l'hôtel Camino Real du centre-ville se fasse sans incidents. Leur arrivée ayant été annoncée, à l'aéroport, une foule importante s'était massée sur les voies de sortie, et même si les vérifications usuelles s'étaient faites directement dans l'avion, l'escorte motorisée qui les accompagnait dut ralentir considérablement afin de ne pas causer d'accident. Ce fut pire à l'hôtel. Les gens s'étaient agglutinés près des portes d'entrée et dès qu'ils virent les automobiles et les véhicules de police, ils se mirent à crier, à chanter même, et ce n'est qu'étroitement entourés de gardes que Tania et Yossef purent finalement pénétrer dans l'immeuble.

¿ ¿ ¿

Le lendemain eut lieu la première journée de visites aux malades. On avait prévu se rendre à l'Institut national de pédiatrie durant la matinée, un hôpital pour enfants peu fortunés de plus de cinq cents lits, et à l'Institut national de cancérologie durant l'après-midi.

Le trajet de l'hôtel à l'Institut national de pédiatrie fut long et pénible. Les gardes de sécurité arrivaient à peine à contenir les curieux qui se pressaient autour de Tania dès qu'elle apparaissait. Vêtue de blanc, resplendissante dans sa lumière, Tania souriait, calme, détendue. Elle avait appris à réagir à la vue et au son de la foule, marchait sans hâte, comme si elle appréciait l'intérêt qu'on lui manifestait.

Tania passa près de quatre heures à l'Institut national de pédiatrie. Escortée de trois gardes de sécurité, elle visita chaque chambre, chaque lit, s'approchant de chacun des enfants pour qu'il puisse bénéficier de sa lumière. Ne parlant pas l'espagnol, elle se bornait à sourire, toucher une main, une joue. Avant de partir, vers treize heures, on lui offrit un goûter, qu'elle prit avec la direction de l'hôpital, dont la plupart des membres parlaient anglais.

Elle passa ensuite l'après-midi à l'Institut national de cancérologie. Encore une fois, elle visita chaque chambre, chaque lit, chaque patient. C'était toujours le même scénario, les mêmes scènes, les mêmes remerciements de gens qui souvent ne pouvaient s'empêcher de fondre en larmes lorsque Tania s'approchait d'eux, ou de leur lit. Elle était la guérison, la vie, le futur. Elle le savait. Tous ces gens, c'était sa mission, sa raison de vivre.

♪ ♪ ♪

Tania et Yossef arrivèrent au stade Azteca dès huit heures le lendemain matin. Bernard et Ahmed les avaient avisés des derniers détails concernant leur prestation la veille, dans la soirée. Ils s'étaient abondamment pratiqués à lire le discours qu'ils devaient prononcer en espagnol, lequel de toute façon serait projeté au fur et à mesure de son déroulement sur les écrans géants du stade pour que tous puissent le lire, au besoin. Comme à Chicago, on avait monté une scène circulaire au milieu du terrain de jeu, laquelle s'élevait environ à trois mètres du sol. Tania devait prendre place dans une toute petite pièce située sous la scène avant le début de la cérémonie. Au moment convenu, un petit monte-charge devait la hisser sur la scène, où elle apparaîtrait dans la pénombre d'abord pour que sa luminosité soit évidente.

La cérémonie débuta à l'heure prévue, dix heures. Le stade s'était rempli dès neuf heures trente, et on passait des vidéos sur Oued Ellil pour faire patienter les gens. Le tout débuta par un court message de bienvenue d'un animateur local très connu, ce qui déjà souleva la foule. Puis s'ensuivit une prestation de plusieurs chanteurs et musiciens mexicains traditionnels qui dura trente minutes. Enfin, l'animateur présenta Yossef. Ce dernier salua d'abord la foule, remercia chacun de s'être déplacé pour venir les rencontrer, et sans plus attendre, annonça en espagnol.

– Mesdames et messieurs, je sais que vous n'êtes pas venu ici pour me voir. Et cela me peine beaucoup.

Il fit une courte pause pendant que la foule riait.

– Mais je sais aussi que vous êtes venus rencontrer mon épouse...

Et se tournant vers l'arrière de la scène, il enchaîna d'une voix forte.

– Tania Fixx !

Aussitôt, l'éclairage baissa, et on vit d'abord apparaître la tête lumineuse de Tania, puis son corps, ses jambes, à mesure que le monte-charge la hissait sur le plateau. Une musique entraînante jouait, mais les cris et les sifflements de la foule l'enterraient complètement. Tania se promenait sur la scène, saluant de la main, le sourire aux lèvres. Elle portait une robe de soirée dorée, sans manches, agrémentée d'un simple collier de jade. Cette ovation dura plus de dix minutes, et ne cessa que lorsque l'éclairage revint à sa pleine intensité. Bernard et Ahmed avaient pris des arrangements pour qu'un cordon de personnel de sécurité entoure complètement l'aire de jeu du stade, de sorte qu'aucune personne ne puisse tenter de quitter son siège et de s'approcher de Tania. C'était quand même risqué puisque lors d'un tel déploiement, il serait impossible de maîtriser une foule décidée à envahir la scène sur laquelle se tenaient Yossef et Tania. Or, il n'y avait aucune façon de les évacuer si cela se produisait.

Les cris et sifflements cessant, Yossef et Tania prirent la parole. On avait décidé qu'ils prononceraient un court discours sur l'Agneau lumineux de Dieu et le *Petit Livre*. Ils parlaient à tour de rôle, chacun prononçant quelques phrases sur lesquelles l'autre enchaînait. Rapidement, la foule devint silencieuse. On écoutait avec attention et ceux qui le voulaient pouvaient lire ce qui se disait sur les écrans. Quand Yossef et Tania firent observer qu'on ne parlait pas de religion, que le *Petit Livre* n'était qu'un guide de réflexion et qu'il n'obligeait personne à quoi que ce soit, sinon à réfléchir, la cérémonie prit une allure solennelle. Pour terminer, Tania lut le *Petit Livre*. Lentement, en espagnol, sans commentaires. Et elle termina la présentation en disant.

> – Voilà, mes amis. Je sais que vous entendez toutes sortes de choses sur l'Agneau lumineux de Dieu et son *Petit Livre*. Je vous laisse le soin de juger vous-même de la véracité de ces dires. Je vous remercie encore une fois d'être venus nous rencontrer. À bientôt.

Elle les salua de la main, sous les applaudissements et les cris de la foule. Accompagnée de Yossef et d'une escorte de dix gardes de sécurité, elle quitta la scène pour se diriger vers la sortie qui était habituellement utilisée par les joueurs.

Tel que prévu, deux autres présentations furent données durant la journée. Et le lendemain, on répéta le tout.

Enfin, la dernière journée, soit le vingt-trois décembre, fut consacrée à la visite de deux autres hôpitaux.

Le retour vers Oued Ellil s'effectua durant la soirée.

Évidemment, tous les déplacements de Tania ainsi que la présentation au stade Azteca avaient été abondamment couverts par les médias et diffusés partout. On remarqua que la proximité de cette fête avec celle de Noël contrastait avec la nature profane qu'avait prise cette dernière depuis longtemps, et que finalement la fête du solstice d'hiver était peut-être un retour aux sources réelles qui inspirait les hommes depuis des millénaires.

⁂

Le pape Robert 1er arriva à Mexico le vingt-neuf décembre, soit à peine quelques jours après le départ de Tania et Yossef. Les médias ne purent s'empêcher de faire un parallèle entre ces visites, sans pouvoir commenter par contre sur ce qu'allait faire le pape à Mexico.

Dès le lendemain de son arrivée, Robert 1er prit le temps de renseigner les archevêques et évêques mexicains sur ce qui se passait à Rome et les rassura sur l'abandon de toutes les mesures mises en place par le cardinal Guernara avant son décès. Ces mesures avaient d'ailleurs cessé d'être observées dès l'assassinat du cardinal Guernara. Il discuta ensuite longuement de la position de l'Église au Mexique, demandant l'avis de tous et chacun, vérifiant ce qu'il savait déjà ou notant avec minutie ce qui lui apparaissait important. Il fut frappé de l'extrême pauvreté de certains diocèses, du moins selon les dires de leurs dirigeants, et de la cohabitation tolérée d'anciens rites locaux avec des fêtes chrétiennes, tel qu'on le lui expliquait.

Le trente et un décembre, il participa de nuit à une cérémonie tenue à la cathédrale métropolitaine pour fêter l'arrivée du nouvel an. Non seulement l'église était bondée, mais on avait aménagé des écrans sur la place du Zocalo, face à la cathédrale, pour que la foule puisse participer à la cérémonie. Illuminée par les édifices l'entourant, cette énorme place était bondée de gens depuis plus d'une heure. Il était impossible d'y circuler à moins de se frayer un chemin en poussant et jouant des coudes. Des policiers maintenaient difficilement la circulation ouverte sur les rues entourant le Zocalo.

Contrairement aux attentes, le pape ne célébra pas la messe. Il se présenta à vingt-trois heures trente exactement, vêtu de son costume blanc, tête nue, affichant un grand sourire. À sa demande, tous ses assistants, quatre religieux et deux femmes, étaient vêtus de costumes civils, avec cols romains pour deux des hommes et sans aucun artifice de nature religieuse pour les femmes. Déjà, c'était inhabituel, et la foule observait, en silence. Il se recueillit quelques minutes devant l'autel, sans s'agenouiller, simplement en baissant légèrement la tête. Ses assistants firent de même. Puis il se dirigea vers l'avant où un podium était installé, garni d'une batterie de micros et flanqué de caméras de télévision.

Il monta les quelques marches devant le podium pendant que ses assistants prenaient des sièges à gauche et à droite de ce dernier. Puis il s'adressa à la foule en espagnol.

– Bonjour mes amis ! Quelle belle soirée nous avons aujourd'hui !

Ne s'attendant pas à un tel accueil de la part du pape, la foule extérieure éclata en applaudissements, en cris et en sifflements. Dans l'église, on applaudissait à tout rompre.

– Je connais bien votre magnifique ville pour l'avoir visitée à quelques reprises quand j'étais plus jeune, ajouta-t-il. C'est toujours aussi beau, aussi chaleureux !

Nouveaux applaudissements, sifflements et cris. Les gens se regardaient en souriant, étonnés.

– Bien que je connaisse l'espagnol, continua le pape, je ne le maîtrise peut-être pas aussi bien que je le crois. Aussi, je me suis organisé pour avoir de l'aide. Il y a des écrans partout à l'extérieur ainsi que dans la cathédrale pour que vous puissiez lire en espagnol ce que je vais continuer à vous dire en... mauvais espagnol. Alors, vous êtes prêts ?

Un immense « si ! » se fit entendre.

– Je ne veux prendre que les quelques minutes qui nous restent avant le décompte des dernières secondes de l'année pour vous parler... de vous. De ce que vous avez vécu dernièrement, des espoirs que vous avez peut-être mis dans l'Église mais que l'Église n'a pas su relever...

Le pape exposa alors les torts et méfaits qu'on reprochait à l'Église, souvent en donnant des exemples, en faisant des apartés quelquefois très sérieux, d'autres fois tout à fait hilarants. Puis il fit une pause.

– Est-ce bien cela que vous pensez ? dit-il finalement.

Les gens se remirent à applaudir. On entendait les sifflements et les cris des gens sur le Zocalo.

– Bon, reprit-il. Nous allons continuer dans quelques minutes, car il ne reste que... quinze secondes avant minuit ! On les compte ensemble ?

Et il entonna le décompte avec la foule : quatorze, treize, douze... jusqu'à zéro, moment où un feu d'artifice s'éleva du toit de la cathédrale. Le pape descendit de son podium, serra la main de ses assistants, embrassa les femmes, se mêla quelques instants aux gens assis dans les premières rangées de sièges, des membres du clergé, des politiciens, des gens importants.

Après une dizaine de minutes, le pape remonta sur son podium et fit signe à la foule de se taire avec ses mains.

– Bonne année à tous, et que la paix, la prospérité et le bonheur soient avec vous ! commença-t-il.

Lorsque les gens furent calmés, il continua.

– Et maintenant ce que j'ai à vous dire devrait vous plaire. Je veux que l'Église redevienne pour vous une épaule sur laquelle vous pouvez compter, une oreille à laquelle vous pouvez confier vos peines, vos joies, vos espoirs. Une aide aussi, une conseillère.

Il se fit un silence total. Chacun écoutait ce message sans précédent, sans commune mesure avec tout ce qui s'était fait depuis des siècles.

– Et pour cela, continua le pape, j'ai pris des mesures qui entrent en vigueur instantanément. D'abord, tout problème de conscience, de spiritualité peut être présenté à n'importe quel prêtre catholique de par le monde. Par n'importe qui. Par toute personne qui le désire, sans considération de race, d'âge, de sexe ou de religion. Ce sera son devoir d'écouter et d'aider à résoudre le problème. Ce sera un peu un coach, si je puis dire. Ceux qui ne seront pas capables de jouer ce rôle, eh bien nous tenterons de les former, et si ce n'est pas possible, de les réformer, et si ce n'était toujours pas possible, nous les remplacerons. Ensuite, si la confession vous apparaissait comme une corvée sanctionnée de peines variées où l'imagination de certains de nos bons prêtres vagabondait quelquefois un peu trop, cela ne se produira plus. Il n'y aura plus de confession. Vous vous adresserez vous-même à l'au-delà. Enfin, et ce sera ma dernière annonce pour ce soir, mais vous allez la trouver importante, l'Église ne s'ingérera plus dans la vie de ses fidèles pour essayer de contrôler leurs comportements. Elle se bornera à émettre des grandes lignes de pensée que chacun sera libre d'accepter ou non, sans encourir de reproches. Je le répète : sans encourir de reproches. À titre d'exemple, la contraception, un sujet qui a bouleversé tant de vies et créé tant de drames, n'est plus l'affaire de l'Église ! Je prêcherai toujours le respect de la vie, et l'Église respectera toujours cette attitude, mais libre à vous d'écouter votre propre conscience dans ce domaine.

Et un dernier exemple. Vous verrez bientôt des femmes à des postes importants au Vatican. C'est un début.

Tous les gens se levèrent dans la cathédrale et se mirent à crier et applaudir. Dehors, c'était un pandémonium total. Le pape rappela la foule à l'ordre et termina ainsi.

— Bon, c'est tout pour ce soir, mes amis. Je vous remercie de votre attention et d'être venu m'écouter. Maintenant allez fêter. Mais pas trop, n'est-ce pas ?

Il salua alors des deux mains, sans bénir personne, sans aucun geste de nature religieuse, puis il quitta le podium pour se diriger vers la sacristie, suivi de ses assistants.

Chapitre 17

Oued Ellil vivait une crise. À peine deux semaines après que Tania et Yossef furent revenus du Mexique, Tania s'effondra et perdit conscience. Robert Ali était couché et dormait paisiblement. Ils sirotaient tous deux un café dans leur petit salon et discutaient de choses et d'autres, à la blague, profitant de cette période de repos, lorsque Tania, se levant pour aller à la cuisine, s'étala de tout son long devant son fauteuil. Yossef crut qu'elle avait trébuché et se leva pour l'aider à se remettre debout. En tentant de la saisir par le bras, il constata qu'elle était inconsciente. Elle gisait couchée sur le côté droit et avait une petite ecchymose au bras gauche. Son aura ne s'était pas modifiée.

Très inquiet, Yossef se pencha sur elle et l'examina, pensant qu'elle avait pu heurter la table basse placée devant les fauteuils et se blesser plus gravement à la tête. Mais elle n'avait rien. Alors il paniqua. Il se rappela soudain que le coma qui était responsable des dons et de l'aura de Tania s'était produit sans cause identifiable, quelques années auparavant. Il craignit que cette perte soudaine de conscience soit apparentée à ce premier coma, et sans réfléchir, il essaya de la réveiller, la secoua, lui parla.

– Tania, ma chérie, réveille-toi, réveille-toi, ce n'est pas le temps de partir.

Il la prit dans ses bras, alla vers la chambre et la déposa sur le lit. Elle respirait normalement. Il vérifia son pouls, qui lui sembla battre régulièrement, puis, ne sachant que faire, il s'effondra dans la chaise près du lit. Il se leva soudain de façon précipitée et alla prendre son téléphone cellulaire qu'il avait laissé dans le salon.

– Samir ? C'est Yossef. Nous avons un problème. Tania vient de perdre conscience.

Samir ne répondit pas, estomaqué.

– Samir ?

– Je suis là, Yossef. J'arrive. Vous êtes à l'appartement ?

– Oui. Je t'attends.

Membre important de la direction, Samir était aussi le médecin du complexe et saurait quoi faire. Ensuite Yossef appela Bernard pour l'informer et lui demander de venir le rejoindre.

Samir avait examiné Tania du mieux qu'il pouvait, compte tenu des équipements à sa disposition.

– Je ne vois rien d'anormal, dit-il.

– Absolument rien ? demanda Yossef.

– Non. Pas de plaies, pas de coupures, pas d'os fracturés, rien. Le pouls et la respiration sont normaux.

Bernard était livide. Tania était l'âme du mouvement. Toute incapacité de sa part affecterait l'Agneau lumineux de Dieu de façon irréversible.

– Quand est-ce arrivé exactement ? questionna Samir.

– Il y a à peine vingt minutes, dit Yossef. Juste avant de t'appeler. Je n'ai eu que le temps de la transporter ici, sur le lit.

– Où était-elle traitée aux États-Unis ?

– Dans un hôpital militaire près de Boston, dit Bernard.

– Je vais les contacter. Vous avez un nom, un médecin traitant ?

– Oui, j'ai sûrement ça dans mes dossiers. Je vais voir.

Bernard revint quelques minutes plus tard, un dossier entre les mains.

– Voilà, dit-il en le remettant à Samir. Je crois que tout y est. Toutes les informations concernant son séjour à l'hôpital. Des informations non médicales, bien sûr.

– Bon, répliqua Samir en feuilletant rapidement le dossier. Je vais les appeler. Je vous revois dès que j'en sais un peu plus.

Il sortit de la chambre er se dirigea vers son bureau de travail.

Bernard, qui se sentait inutile, prit aussi congé, informant Yossef qu'il serait disponible à tout moment en cas de besoin.

Robert Ali dormait toujours profondément dans sa petite chambre. Ne sachant que faire, Yossef s'étendit près de Tania et lui prit la main. Il avait les larmes aux yeux et s'efforçait de rester calme. Mais malgré ses efforts, il ne pouvait s'empêcher d'imaginer Tania morte, ou invalide. Se retrouver seul après si peu de temps avec elle, après un bonheur si court, lui parut d'une telle injustice qu'au lieu de pleurer, il se choqua et se mit à vociférer, tout bas.

Samir revint une heure plus tard.

— Je n'ai rejoint personne, Yossef. Mais j'ai laissé mes coordonnées et on m'a promis de me rappeler. J'ai bien indiqué qu'il s'agissait de Tania Fixx, qui nous étions, et tout ce qu'il m'a paru nécessaire de leur communiquer concernant son état actuel. Tu remarqueras qu'il est vingt-deux heures, donc seize heures à Boston. Nous allons probablement devoir attendre jusqu'à demain.

Le cellulaire de Samir sonna alors. Il prit immédiatement l'appel. C'était le docteur Dover, le médecin de Tania à Boston. Samir se dirigea vers le salon de l'appartement de Yossef et échangea pendant plus de trente minutes avec Dover.

Yossef s'était assis près de lui au salon et essayait de comprendre ce qui se disait. Lorsque la conversation fut terminée, il ne put se retenir et le questionna.

— Alors ?

— Ils suggèrent d'attendre douze heures. Puis, si rien ne se produit, de lui donner un soluté et de la transporter immédiatement à Boston.

Yossef se leva et se mit à arpenter la pièce.

— Veux-tu un calmant ? lui demanda Samir.

– Non, ça va aller. Bon, je suggère qu'on essaie de se reposer. Merci, Samir. Pourrais-tu avertir Bernard de commencer à préparer un vol vers Boston ? Demain en après-midi au plus tard.

Samir quitta la chambre et Yossef retourna s'étendre près de Tania. Épuisé, il finit par s'assoupir.

Au petit matin, Yossef s'éveilla en sursaut. Tania était couchée sur le côté et avait son bras autour de sa taille. Se relevant, incrédule, il la brassa pour l'éveiller.

– Oui, dit-elle, qu'est-ce qu'il y a, Yossef ?

– Tania ? Tu es consciente ?

Elle se leva sur le coude et baillant, répliqua.

– Laisse-moi voir... Oui, je crois dit-elle en riant et en se touchant la tête.

– Non, ne fais pas de blagues, Tania. Tout va bien ?

– Mais oui chéri. Que se passe-t-il ?

– Tu ne te souviens pas de ce qui s'est produit hier soir ?

– Quoi ? Il y a eu un problème ? Robert Ali est-il là ? demanda-t-elle en se levant précipitamment.

Yossef l'attrapa par le bras et la rassura.

– Robert Ali dort paisiblement, Tania. C'est toi. Tu as perdu conscience hier soir. Nous étions ensemble au salon.

Tania réalisa instantanément les implications de cette soudaine faiblesse et se rassit sur le lit, regardant Yossef dans les yeux.

– Pas encore. Non, pas une autre fois, mon amour ?

– Rassure-toi, chérie, tu es revenue à toi. Et tu es toujours aussi lumineuse, tu vois, dit-il en plaçant son bras près du sien.

– Je suis restée inconsciente longtemps ?

– Au moins deux ou trois heures, probablement plus, car je me
suis étendu près de toi et je me suis assoupi vers vingt-trois
heures hier soir. Il est maintenant cinq heures…

– Et vous avez appelé Samir ?

– Nous avons surtout communiqué avec l'hôpital de Boston. Samir
leur a parlé longuement. Ils suggéraient d'attendre jusqu'à midi
puis, si rien ne changeait, de te transporter à Boston d'urgence.

– Pourquoi cette perte de conscience, Yossef ? Je n'ai rien, je me
sens parfaitement bien !

Yossef la fit se coucher près de lui sur le lit et la prit dans ses bras.

– Je sais mon amour. Mais il n'est rien arrivé. Tu es là maintenant,
et je t'aime.

Tania se serra sur lui. Ils restèrent ainsi un bon moment sans parler.

– Je t'aime tellement mon amour, dit finalement Tania. Je ne veux
pas revivre de coma. Je veux voir Robert Ali grandir.

– Je sais chérie. Calme-toi. Il n'arrivera rien.

Tania se mit alors à pleurer et il la garda dans ses bras longtemps, jusqu'à
ce qu'elle se soit calmée.

§ § §

Le lendemain, Samir avisa Boston que Tania était revenue à la normalité
et que tout semblait en ordre. Boston suggéra des examens et des tests,
mais Tania s'y refusa, préférant se reposer à Oued Ellil avec son mari
et son enfant. Samir exigea aussi que Boston reste silencieux sur cet
événement, ce que le docteur Dover promit.

Personne d'autre à Oued Ellil ne fut mis au courant du malaise de
Tania.

Chapitre 18

Un mois après sa visite à Mexico, l'*Osservatore Romano* annonça que le pape serait à Paris pour une courte visite trois semaines plus tard. Il précisa que, comme à Mexico, il rencontrerait d'abord le clergé local. Cette visite ayant lieu une fin de semaine, il profiterait du dimanche pour s'adresser à la foule à la cathédrale Notre-Dame. Les médias étaient bien sûr invités.

Cette annonce d'une visite surprise fut analysée et abondamment commentée, certains affirmant même que loin de s'agir d'une surprise, le pape utilisait un stratagème efficace pour tenir la chrétienté en haleine. Il réussissait ainsi à faire connaître ses importants remaniements de façon très adroite, avisant le clergé à la dernière minute et les fidèles en même temps. Du moins, c'est ce qu'on croyait, car très peu d'informations filtraient du Vatican, où tout le travail de préparation semblait se faire à huis clos, presque secrètement.

CNN assigna une équipe d'analystes chevronnés sur le remaniement qui semblait se faire au sein de l'Église, équipe à laquelle participait d'ailleurs Paul Cross, ancien évêque auxiliaire de Boston maintenant à la retraite, de son propre choix comme il aimait le dire. Ces derniers comprirent rapidement l'ampleur du travail qui se faisait au Vatican et firent un reportage choc qui passa en ondes une semaine avant l'arrivée du pape à Paris.

On y signalait toutes les décisions qui semblaient avoir été prises depuis la publication de la bulle *Quantae Difficultates* maintenant abolie, et on identifiait assez clairement que la démission du pape précédent ainsi que la disparition fort à propos des cardinaux assassinés n'avait peut-être pas été totalement le fruit du hasard.

Depuis ce temps, Robert 1er, un animateur, orateur et personnage charismatique sans précédent, dirigeait d'une main de fer une réforme qu'il imposait, ou bien était le fer de lance d'une approche tellement novatrice que l'Église s'en retrouverait renouvelée pour les siècles à venir. On penchait abondamment vers cette deuxième hypothèse, laquelle impliquait une stratégie complexe, bien élaborée par un groupe de religieux ayant réussi à prendre le contrôle du Saint-Siège. Les preuves abondaient. Entre autres, le renvoi récent de soixante-douze cardinaux, des personnes jugées inutiles, et leur remplacement par quarante-huit jeunes militants.

≀≀≀

Le pape arrivait à Paris. Des vols commerciaux avaient déjà transporté la majeure partie du personnel de secrétariat et de soutien qui l'accompagnait depuis la veille. L'hélicoptère qu'utilisait le pape se posa à Charles de Gaule à onze heures, comme prévu. De là, le pape prit une automobile blindée qu'on lui avait réservée. Suivi d'une escorte motorisée, il se rendit directement à la résidence de l'archevêque de Paris.

On avait organisé la rencontre avec les évêques de l'archevêché à quatorze heures, ce qui laissait un peu de temps pour prendre un déjeuner et converser plus longuement avec l'archevêque, le cardinal André de Virieux, lequel faisait partie des nouveaux cardinaux récemment nommés. Le pape n'aborda pas de sujets importants avec le cardinal, échangeant plutôt sur des situations locales, posant des questions, essayant de mieux situer ce nouveau venu et sa façon de penser.

Il rencontra les évêques de quatorze à dix-sept heures. Il leur fit une présentation sur les changements qui s'effectuaient dans l'Église et leur expliqua comment ces changements affecteraient leurs rôles et responsabilités. Il leur résuma aussi ce qu'il allait annoncer au public le lendemain, dimanche. Comme prévu, les réactions furent partagées, mais la majorité accepta avec enthousiasme les nouvelles orientations du Saint-Siège. Robert 1ᵉʳ nota avec soin les noms des opposants les plus virulents, sachant que ces derniers non seulement n'aideraient pas sa cause, mais agiraient probablement de façon à lui nuire.

La prestation du lendemain devait débuter à onze heures. On avait prévu des installations sonores qui permettraient à la foule massée sur le parvis de la cathédrale Notre-Dame de suivre son déroulement. Dès dix heures, l'église était bondée et on ne pouvait plus circuler sur le parvis. Il n'y avait pas de décorations spéciales, sauf quelques drapeaux du Vatican accrochés à la façade de la cathédrale. Comme à Mexico, un podium était installé face aux premières rangées de sièges, flanqué de caméras de télévision. Une immense barrière vitrée, totalement transparente, faisait un large demi-arc devant le podium, l'isolant de toute tentative d'attentat ou de violence. On n'avait pas pu protéger le pape de cette façon à Mexico, une erreur qu'on s'était empressé de corriger à Paris.

Le pape se présenta à l'heure dite, vêtu de son costume blanc et entouré de plusieurs assistants, tant hommes que femmes, dont la plupart paraissaient être des gardes de sécurité. Il se recueillit devant l'autel et sans s'agenouiller, sembla faire une courte prière, la tête baissée, les bras le long du corps. C'était aussi ce qu'il avait fait à Mexico. Puis il se dirigea vers le podium. Les assistants se postèrent à ses côtés, debout, observant la foule dans l'église. Il prit alors la parole, en français.

– Mesdames, mesdemoiselles, messieurs, vous tous qui êtes ici ou
    qui m'écoutez chez vous, je vous souhaite le bonjour.

Il marqua une pause.

– Voilà. C'est tout ce que je peux vous dire...

Il marqua une pause plus longue, la tête baissée, avant de reprendre avec un sourire :

– En français.

L'introduction fit son effet et on se mit à l'applaudir en riant.

– Vraiment, continua-t-il en anglais, il a fallu que je me pratique un bon moment avant de m'assurer que mon accent ne vous ferait pas lever immédiatement de vos sièges et partir d'ici en courant !

Nouveaux applaudissements et rires de la foule.

– Mais je dois continuer à m'adresser à vous en anglais, malheureusement. Je vous promets que je vais prendre des leçons et faire mieux la prochaine fois !

Il y eut encore des rires, quelques applaudissements.

– Certains de vous vont probablement dire : mais que fait-il ? Il ne dit même pas de messe ! C'est vrai. Pour être franc avec vous, je ne crois pas que ce soit mon rôle ici, aujourd'hui. Des messes, n'importe quel prêtre peut en célébrer, probablement mieux que moi. Mon rôle, c'est de vous parler. De vous parler de ce qui se passe dans notre Église. Plus précisément, de ce qui s'est passé dans notre Église.

Le pape marqua un temps d'arrêt, regardant la foule devant lui. Puis il reprit.

– Mes amis, je crois que nous nous sommes trop souvent trompés.

Il s'arrêta encore un moment, laissant les gens digérer cette affirmation.

– Nous nous sommes trompés pour toutes sortes de raisons : parce que nous voulions tout contrôler ; parce que nous avons essayé de nous enrichir ; parce que nous avons tué l'amour entre les hommes et les femmes. Et je pourrais continuer ainsi pendant longtemps.

Il s'arrêta un moment. Quelques personnes de l'assistance se levèrent alors et se mirent à applaudir. Puis tout le monde se leva et on se mit à l'applaudir à tout rompre. Dehors, c'était la même chose. Les gens se regardaient incrédules, n'en croyant pas leurs oreilles.

– Je vais vous donner quelques exemples. Lors de...

Le pape prit alors plusieurs minutes pour relever nombres de situations où les décisions du Saint-Siège furent douteuses, même quelquefois anti chrétiennes. Il continua.

> – Et croyez-vous que nous avons appris de nos erreurs ? Comment peut-on apprendre de ses erreurs si l'Église et le pape sont infaillibles ?

Il s'arrêta un moment avant de reprendre.

> – C'est faux, mes amis. C'est totalement faux. L'infaillibilité, ça n'existe pas ! Nous sommes d'ailleurs à répéter de telles erreurs ! Les excommunications, les polices de la foi, les concentrations de nos services aux fidèles catholiques seulement, mais voyons, le Christ n'a jamais prêché cela ! Le Christ pardonnait ! Il acceptait quiconque allait vers lui !

Le pape s'interrompit quelques secondes. La foule était silencieuse, envoûtée.

> – Mon rôle, justement, est de changer tout cela. Certains vont dire : enfin, il était temps ! D'autres vont murmurer : pour qui se prend-il ? Il a fallu deux mille ans pour bâtir l'Église ! Mais vraiment, nous n'avons pas le choix. Notre enseignement se doit de refléter le monde tel qu'on le connait aujourd'hui. Pas tel qu'il existait dans les siècles passés. Pourquoi croyez-vous que le *Petit Livre* fait tant d'adeptes ? Parce qu'il reflète le monde actuel. On dit que c'est une machination de l'Islam. C'est faux, mes amis. Au contraire, le *Petit Livre*, c'est un pas en avant. Il faut s'en inspirer. Mais revenons à nos préoccupations. L'Église se doit de réviser son enseignement, de revoir sa liturgie, de repenser même jusqu'aux fondements de ses croyances. Non, mes amis, je ne vais pas trop loin. Au contraire, ceci aurait dû se faire il y a longtemps. Nous ne ferions pas face aujourd'hui aux problèmes que nous avons nous-mêmes créés.

Le pape s'arrêta et but un peu d'eau. Puis il poursuivit.

— Alors voici donc ce sur quoi nous allons travailler. D'abord, nous allons créer un comité, ah, pas cinquante personnes qui prendront deux ans avant d'accoucher de deux phrases, mais un petit groupe d'ecclésiastiques et d'experts dont le rôle sera de mettre nos croyances à jour, de revoir le bien fondé de la Bible, des Évangiles et des dogmes et lois qui ont été imposés aux fidèles dans le passé. Ensuite, nous réviserons notre liturgie, nous la mettrons à jour. Certaines de nos cérémonies sont ennuyeuses, trop longues et n'ont plus leur raison d'être. Et enfin, nous moderniserons notre façon de conduire nos affaires, de rendre service, d'aider les gens, de réellement les aider, pas par des vœux pieux et des bénédictions sans effet, mais par des institutions, des enseignements, des formations dirigés vers ceux qui en ont le plus besoin.

Spontanément, la foule se leva et applaudit pendant plus de dix minutes. Dehors, on criait, on scandait : Robert, Robert, Robert ! Le pape put finalement terminer son discours.

— Merci mes amis. Je vois que nous sommes sur la même longueur d'ondes. Et nous allons y rester. Car toutes ces réformes, nous allons les accomplir en un an, au maximum. Dans un an, nous ferons tous partie de la nouvelle Église. Je m'y engage. Voilà, c'est ce que je voulais vous dire. Je vous remercie de vous être déplacés en si grand nombre. Merci, mes amis. Et au revoir ! À bientôt !

Il salua la foule de la main, sous les applaudissements et les cris qui fusaient de toutes parts et entouré de ses assistants, il quitta la cathédrale par la porte qui donnait sur la sacristie.

Ce discours choc fut tellement analysé et décortiqué qu'on en vint à ne plus pouvoir le replacer dans son véritable contexte. On lui prêtait des significations qui dépassaient la portée réelle des paroles prononcées, certains allant même jusqu'à prétendre que l'Islam et l'Agneau lumineux de Dieu étaient derrière cette révolution et manipulaient le pape.

Chapitre 19

L
a plus grande fête de l'Agneau lumineux de Dieu, la fête de la lumière, de l'équinoxe du printemps, venait de se terminer à Oued Ellil. L'événement était devenu grandiose, non pas à cause des installations et des facilités mises en place, mais plutôt grâce à la rapidité avec laquelle le message de l'Agneau lumineux de Dieu s'était répandu. Et, évidemment, à la possibilité de guérison qu'offrait la présence de Tania, son exposition continuelle à la foule, aux visiteurs, durant toute la durée de la fête. On s'était inspiré au départ du pèlerinage à la Mecque, du Hajj, pour célébrer l'équinoxe du printemps, et au concept de lumière par analogie à Tania. Effectivement, le mouvement des visiteurs qui circulaient en tournant autour de la petite estrade sur laquelle s'exposait Tania ressemblait un peu à ce qui se passait à la Mecque, mais c'était tout. La fête de la lumière ne comportait aucun message religieux, ne demandait aucune démarche précise. Sa popularité était telle que des milliers de personnes avaient dû être refusées faute d'espace et de temps.

La peur et l'incertitude créées par la mésaventure de Tania avaient failli compromettre la visite prévue à Beijing. Le départ devait se faire dans quelques jours à peine.

Les autorités chinoises n'avaient demandé aucune aide dans la préparation de leur fête de Qing Ming, se bornant à mentionner que tout serait prêt à temps et qu'ils attendaient madame Fixx avec impatience. Bernard avait bien essayé d'obtenir plus d'informations, ce fut peine perdue. Toute offre d'assistance et de support fut poliment déclinée, sous prétexte qu'on ne voulait pas nuire aux travaux reliés aux fêtes d'Oued Ellil. Leur seule demande avait été reliée à la date d'arrivée de Tania : on proposait qu'elle soit à Beijing le deux avril, soit trois jours avant la fête, afin de mettre la dernière touche aux cérémonies et festivités organisées, et surtout pour lui permettre de se familiariser avec les installations. Bernard avait accepté cette proposition.

Un avion de ligne chinois arriva à Tunis le 1er avril. Les seuls passagers prévus étaient Tania, Yossef, Bernard, quelques assistants et six gardes de sécurité. Monsieur Chang et sa secrétaire les reçurent à bord et le départ eut lieu à onze heures. Ils arrivèrent à Beijing à onze heures quarante, heure locale, le lendemain, après un arrêt de ravitaillement à Dubai. Les formalités expédiées, une limousine les conduisit à l'hôtel Marco Polo Parkside, tout près du stade olympique où serait célébrée la fête de Qing Ming. Il était évident que les autorités chinoises n'avaient pas ébruité la date exacte d'arrivée de Tania car personne ne les attendait aux portes de l'hôtel. Quant à l'aéroport, le transfert de l'avion à la limousine s'était fait directement sur la piste. Par contre, on reconnut immédiatement Tania dès son arrivée à la réception du Marco Polo. Même entourée de gardes de sécurité, il lui était impossible de dissimuler totalement son aura et on l'entoura, tous voulant la prendre en photo, s'approcher d'elle, lui parler, en mauvais anglais ou carrément en chinois. Tant bien que mal, elle réussit à rejoindre sa chambre, une superbe suite avec vue sur la ville. Elle et Yossef récupérèrent du vol et purent se reposer jusqu'au lendemain. Monsieur Chang devait passer les prendre à l'hôtel à neuf heures. Évidemment, le décalage horaire joua contre eux. Finalement, ils passèrent une partie de la nuit, éveillés, à regarder la télévision et à se renseigner un peu sur la ville, sur la Chine.

Le lendemain matin, toute la délégation d'Oued Ellil prit le petit déjeuner dans la suite de Tania et Yossef, jusqu'à ce que monsieur Chang les avise qu'il se tenait à leur disposition à la réception. Là, ce fut la cohue. Dans le hall de l'hôtel, une foule les attendait, des reporters aussi, avec caméras de télévision et appareils photo. Ce n'est qu'entourés de leurs gardes de sécurité que Tania, Yossef et Bernard purent atteindre la limousine qui leur avait été assignée. Il y avait aussi des autos pour le personnel de l'Agneau lumineux de Dieu ainsi que les véhicules des autorités policières pour les escorter jusqu'au stade olympique, situé quelques rues plus loin.

Au stade, il y avait foule et, toujours, des reporters. Évidemment, la présence de Tania faisait l'objet de toutes les attentions. On avait abondamment annoncé qu'elle serait le clou de cette fête, que sa présence serait l'occasion de célébrations spéciales et, fait encore plus important, qu'un important message serait livré par les autorités du pays.

Une fois à l'intérieur du bâtiment, on les conduisit dans un salon où une délégation les attendait. Monsieur Chang les présenta d'abord à Deng Huopang, le conciliateur d'État auquel il se rapportait. Monsieur Huopang, un très bel homme, grand, élégant et raffiné, les accueillit dans un anglais à peine accentué. Il les remercia de s'être déplacés jusqu'à Beijing, les questionna brièvement sur leur voyage, puis présenta une demi douzaine d'hommes et de femmes dont personne ne put retenir les noms et qui occupaient des postes difficiles à relier à des fonctions précises. Curieusement, aucun commentaire ne fut fait sur l'apparence de Tania, sa luminosité. On se bornait à l'examiner, à s'assurer d'être près d'elle, si possible. Des rafraîchissements furent offerts, puis finalement monsieur Chang les avisa que les responsables des festivités de Qing Ming les accueilleraient dans le stade lui-même.

Tous avaient vu le stade à plusieurs reprises durant les jeux olympiques de Beijing ainsi que lors des nombreuses activités sportives et culturelles qui s'y étaient déroulées, et qui avaient été télévisées par la suite. Mais y être et réaliser son ampleur, sa structure même, laissait pantois. Les installations prévues pour la fête étaient terminées : un immense podium rond étagé, qui faisait penser à un gâteau de noces, occupait le centre du stade et là où étaient situées les pistes pour les coureurs, on avait installé des rails sur lesquels était stationné un véhicule soutenant une plateforme mobile qui pouvait s'élever vingt mètres au dessus du sol. C'était tout, du moins tout ce qui était visible.

On présenta Tania, Yossef et Bernard à une nouvelle délégation dont le porte-parole était la personne chargée de l'organisation de la fête, monsieur Lao Gang, un jeune homme vêtu d'un pantalon sport et d'un chandail, et qui avait l'air d'un athlète plutôt que d'un directeur de projet. Lao Gang et ses assistants avaient sûrement été informés de l'apparence de Tania. Cependant, tous restèrent bouche bée, souriants, incrédules, et après quelques secondes d'hésitation, on la salua, on l'entoura, la toucha. Enfin, Lao Gang sembla donner quelques instructions en chinois puis dit en anglais.

– Bienvenue au stade, madame Fixx, et veuillez excuser notre comportement. Nous sommes très heureux de vous avoir parmi nous, et émerveillés par votre…

Il ne savait comment exprimer ce qu'il voulait dire et pointait la main vers elle, l'avançant et la retirant, un sourire figé aux lèvres.

Tania s'avança un peu et prit sa main dans les siennes.

– Je comprends, monsieur Gang, dit-elle en riant, je suis habituée.

Lao Gang sembla se réveiller, puis ajouta.

– Aimeriez-vous faire une visite du stade ? Ça prend environ trente minutes si, hormis les éléments structuraux, on ne s'attarde qu'aux équipements spéciaux, aux éclairages et aux dispositifs de sécurité.

– Volontiers, répondit Tania. Ça vous convient, Yossef et Bernard ?

Ces derniers acceptèrent l'invitation et le petit groupe de Lao Gang s'efforça d'expliquer le mieux possible les divers éléments et équipements du stade.

La visite terminée, les assistants de monsieur Gang prirent congé et celui-ci enchaîna.

– Vous voulez maintenant qu'on parle de la fête ?

– Oui, répondit Yossef, nous aimerions savoir comment elle se déroulera, et quels seront exactement nos rôles.

– Très bien.

Lao Gang prit plus d'une heure à expliciter avec force détails le déroulement de la fête. Tout avait été prévu avec minutie, chronométré, répété par des figurants. Tania et Yossef devaient y faire un petit discours, qui serait traduit en chinois au fur et à mesure, discours dont on leur donna un exemplaire, en précisant que ce n'était qu'une suggestion, une ébauche, et qu'ils étaient libres de le modifier, ou de le changer complètement. Bernard et Yossef le lurent rapidement. C'était un discours qui reprenait beaucoup des éléments présentés lors d'événements organisés par l'Agneau lumineux de Dieu, mais on ne mentionnait aucun nom, aucune organisation. Comme on semblait rester dans la neutralité, ils l'acceptèrent.

Lao Gang expliqua avec beaucoup de soin les interventions de Tania, ses déplacements, leur effet espéré.

Puis il détailla toutes les mesures de sécurité qui seraient mises en place dans le but de protéger Tania de la foule. Aucun contact, aucune proximité avec quiconque dans le stade n'était prévu.

Enfin, il termina en ajoutant que la fête se conclurait par une annonce importante de Deng Huopang lui-même, annonce dont personne ne connaissait la teneur.

Le lendemain, une répétition générale au stade était prévue. Tania et Yossef purent donc mieux comprendre le déroulement exact de cette fête et ce qu'on attendait d'eux.

Ils furent surpris, décontenancés aussi par l'aspect spectaculaire de la mise en scène, et discutèrent durant la soirée de ce qui allait se passer lors de la célébration.

ᘔ ᘔ ᘔ

En fin d'après-midi, ils se présentèrent au stade, comme on le leur avait demandé. Tout devait débuter à vingt heures, à la tombée du jour, et tout se déroula exactement selon les plans. Après une introduction musicale tonitruante, l'éclairage diminua d'intensité et l'espace réservé au spectacle fut envahi par une nuée de jeunes hommes et de jeunes femmes vêtus de costumes très colorés qui exécutèrent une danse complexe sur une musique typiquement chinoise. Cette démonstration fut suivie d'un court discours, qui ne sembla pas recevoir beaucoup d'attention, puis un couple chanta quelque chose sur une musique à saveur occidentale.

Il y eut des numéros de chant, des poèmes et des chorégraphies diverses pendant environ quarante-cinq minutes. Une danse en particulier semblait vouloir représenter un cortège funèbre, avec beaucoup de fleurs, des effigies de vieilles personnes, une démonstration très émouvante. Enfin, Tania fit sa première apparition. Elle était debout sur le dernier étage de ce qu'elle appelait le gâteau de noces, une structure qui commença à s'élever lentement dans la pénombre, dans un silence total. Seule la luminosité de Tania était visible. Quelle révélation ! Tania portait une robe très simple, rouge, sans aucun bijou. Dès que la foule comprit ce qui se passait, elle se mit à crier et applaudir. Tania leva les bras, se tourna pour que tous la voient, envoya des baisers. Un présentateur cria son nom à plusieurs reprises. Une fumée cachait maintenant le sol. Le véhicule sur lequel était installée la plateforme mobile s'avança vers le gâteau. La plateforme s'éleva, une passerelle s'étira du gâteau et Tania monta sur la plateforme. Hormis sa luminosité, il n'y avait aucun éclairage. Le véhicule fit ensuite lentement le tour du stade. Tania était perchée à une vingtaine de mètres dans les airs, ce qui la rendait parfaitement visible de partout.

On la replaça ensuite sur le gâteau où Yossef avait déjà pris place. Le stade s'éclaira et lorsque la foule se calma un peu, Yossef et Tania prononcèrent le discours qu'on leur avait suggéré, sans aucune modification. C'était d'ailleurs une allocution sans trop d'importance, des généralités tirées du *Petit Livre*, quelques exemples pris de gestes communs de la vie. Ils furent longuement applaudis, puis on les ramena hors piste, soit à l'extérieur de l'aire de spectacle, où les attendait Li Chang.

On attendait le discours de Deng Huopang. Li Chang leur dit alors qu'il le leur traduirait au fur et à mesure, ce qu'il se mit aussitôt à faire. C'était en fait l'annonce d'une politique qui étonna Yossef autant que Tania. Monsieur Huopang évoqua rapidement la montée de l'Agneau lumineux de Dieu, l'apparition du *Petit Livre* et sa propagation, un phénomène qu'il jugea extraordinaire et qui transcendait le fait que l'Agneau lumineux de Dieu devait son existence à un agneau guérisseur et depuis peu à Tania, elle aussi douée de dons de guérison. Il remercia Tania et Yossef d'avoir accepté de participer à la fête de Qing Ming, laquelle deviendrait à partir de maintenant la fête de la lumière, une fête nationale, qui serait célébrée en grande pompe partout en Chine. Mieux que cela, le *Petit Livre*, après de légères révisions, tenant compte de la diversité des cultures en Chine, serait le livre officiel de la république pour tout ce qui se rapportait à la pensée et au domaine spirituel. Enfin, la république de Chine mettait à la disposition de tous ses habitants des représentants spéciaux, embauchés par l'État, dont le rôle serait d'écouter, conseiller, aider au besoin, toute personne faisant face à un problème de nature spirituelle, confessionnelle, religieuse, bref tout problème pour lequel une aide classique, légale ou autre, ne s'appliquait pas. Et tout cela sans aucun frais. Finalement, il mentionna que pour lui, pour toute la Chine, Tania, dotée de pouvoirs pour l'instant impossibles à comprendre, était une messagère de l'univers, sans qu'on puisse comprendre comment cela s'était produit, et comme elle ne mourrait probablement pas, la terre se devait de l'écouter, d'essayer de comprendre à travers ses mots et ses gestes ce que le message signifiait réellement.

Tania se mit carrément à rire lorsqu'elle entendit la traduction de Li Chang. Surpris, celui-ci lui demanda

– J'ai dit quelque chose d'incorrect, madame Fixx ?

– Non non, monsieur Chang. Mais la conclusion de monsieur Huopang me surprend tellement que je ne puis m'empêcher de réagir.

Yossef, qui craignait un faux pas de la part de Tania, renchérit.

– Je crois que ma femme est surprise d'entendre dire qu'elle est immortelle.

– Ah ! Mais vous savez, c'est une figure de style ici. Monsieur Huopang est très conscient que madame Fixx n'est pas à l'abri d'accidents, de malheurs. Nous n'avons qu'à nous rappeler ce qui est arrivé à votre agneau, en Égypte. Un accident... enfin, nous pourrions en discuter longtemps. Mais monsieur Huopang sait aussi que madame Fixx peut s'auto-guérir de toute maladie. C'est ce qu'il veut dire, je crois.

– Mais être une messagère de l'univers ? demanda Tania.

– Vous savez, ce n'est pas facile pour nous d'essayer de ranimer un mouvement spirituel. La république de Chine s'est construite en niant toutes les religions, lesquelles sont vues comme des outils de contrôle souvent aux mains de profiteurs.

– Vous voulez donc ranimer un mouvement de foi ? l'interrompit Yossef.

– Pas un mouvement de foi. Plutôt un spiritualisme... bien dirigé.

Yossef et Tania ne répliquèrent pas. Tous deux sentaient que Li Chang était mal à l'aise. Il n'était probablement pas dans une position l'autorisant à discuter de cet aspect de la politique chinoise.

Deng Huopang avait terminé son travail depuis un moment et on entendait une musique venir du stade. Il rejoignit Yossef et Tania et s'empressa, encore une fois, de les remercier de leur support. Yossef en profita pour lui demander.

– Serait-il possible de vous rencontrer avant notre départ ?

– Mais certainement, monsieur Al-Idrissi. Demain au lunch ? Midi ? Une voiture ira vous chercher. Mes bureaux ne sont qu'à quelques minutes de votre hôtel. Y a-t-il quelque chose que je dois préparer entretemps ?

– Nous aimerions échanger avec vous sur ce que nous avons pu comprendre de votre allocution.

– Ah ! Mais oui, sûrement, mais oui. À demain donc ?

– Nous vous remercions de votre gentillesse, monsieur. À demain matin.

༄ ༄ ༄

Les déplacements étaient très difficiles, une escorte policière devant constamment contenir la foule qui assaillait Tania dès qu'on la voyait apparaître. Un trajet d'à peine quelques minutes prit plus d'une heure, mais ils étaient aux bureaux de Deng Huopang à midi le lendemain. Il les reçut seul et les conduisit immédiatement dans un salon où une table était dressée.

Le repas se prit tout en parlant de choses et d'autres, Deng Huopang questionnant beaucoup Tania sur sa vie, ses expériences. Il parla aussi de la Chine, répondant surtout aux questions de Yossef. À la fin du repas, il leur servit le thé puis demanda.

– Vous vouliez me parler au sujet de mon discours d'hier, je crois.

– Vous nous avez surpris, monsieur Huopang, répondit Yossef. Mais avant d'aborder ce sujet, laissez-moi d'abord vous assurer que notre mouvement laisse chacun libre de faire ce que bon lui semble de nos enseignements. Nous ne prêchons aucune doctrine.

– J'en suis bien conscient, monsieur Al-Idrissi.

– Nous avons compris hier que votre gouvernement a l'intention de se servir du *Petit Livre* et d'en faire ni plus ni moins un document officiel.

Yossef s'arrêta, attendant une réponse. Comme elle ne venait pas, Tania renchérit.

– Est-ce bien le cas, monsieur ?

Deng Huopang resservit du thé puis répondit :

– Oui. C'est un peu ça.

– Vraiment ? ajouta Yossef. C'est une démarche difficile à comprendre, si vous me permettez cette remarque.

– Pas réellement, monsieur Al-Idrissi. La Chine a énormément changé en une décennie. Et elle continue à se transformer à un rythme hallucinant, même pour nous. Le peuple chinois a toujours été épris de philosophie, le taoïsme et le bouddhisme représentant chez nous les mouvements qui rallient le plus grand nombre d'adeptes. Nous surveillons bien sûr chacune des formes de pratique qui se retrouvent ici. Nous croyons maintenant qu'une approche simple, qui ne contient pas de rites, de règles, mais qui offre une possibilité de réflexion spirituelle basée sur une philosophie reflétant ce que nous connaissons du monde est valable.

– Nous avons cru que la république de Chine proposait le *Petit Livre* comme... religion, qu'elle voulait adapter le *Petit Livre*, dit alors Tania.

– Religion est un bien grand mot, madame. La Chine n'en est plus là. Mais nous ne pouvons nier le besoin de valeurs spirituelles, ici comme partout ailleurs. L'Agneau lumineux de Dieu a réussi une démarche impressionnante : votre mouvement s'est affranchi de toute pratique de nature confessionnelle en l'espace de quelques années seulement. Cela nous a d'abord surpris. Toutefois après nous être informés, nous avons compris que le *Petit Livre* était l'aboutissement de cette évolution. C'est pourquoi nous aimerions nous en inspirer. Et, comme vous l'avez bien compris, l'adapter à notre façon de voir les choses, laquelle ne diffère fondamentalement pas de la vôtre. Vous n'y voyez pas d'objections ?

— Nous n'exerçons aucune coercition, nous laissons chacun libre de sa pensée, de ses gestes, répondit Yossef.

Un silence se fit, que finalement Tania brisa.

— Pourquoi avoir mentionné que je ne mourrais pas ?

— Mais... le savez-vous vous-même ? dit Deng Huopang avec un sourire. De toute façon, c'était plutôt une façon de parler, de marquer l'imaginaire de la foule.

— Vous savez, reprit Yossef, l'annonce que des représentants ou aidants seraient disponibles gratuitement, afin d'aider les gens, ressemble à celle faite récemment par le nouveau pape de l'Église de Rome.

— C'est vrai, et croyez-moi, nous en avons été nous-mêmes surpris. C'est une coïncidence. Nous suivons avec beaucoup d'intérêt l'évolution de l'Église catholique romaine depuis l'élection de son nouveau pape, Robert 1er.

— Nous aussi, dit Yossef.

— Monsieur Chang a mentionné que vous auriez aimé nous revoir aux fêtes des solstices, dit alors Tania.

— Non, pas à vos fêtes des solstices, madame. Je crois d'ailleurs que ce serait vous demander beaucoup. Mais si vous aviez la gentillesse de revenir annuellement à notre fête de la lumière, le Qing Ming, nous vous en serions très reconnaissants.

— Nous prenons votre demande en considération, monsieur Huopang, dit Yossef.

— Vous savez sûrement que votre demande de participation à la fête de Qing Ming nous a tellement surpris que nous avons cherché une cause cachée pendant un certain temps, dit alors Tania.

— Vraiment ? répliqua Deng Huopang, un sourire aux lèvres.

– Y a-t-il autre chose que nous pourrions faire pour vous aider ?
continua Tania.

– Nous avons aussi des malades, madame Fixx.

– Monsieur Chang nous a fait réaliser la faiblesse de nos démarches
précédentes, répondit Yossef. Et croyez-moi, nous nous excusons
de cet oubli. Il est par contre facile d'y remédier, et maintenant
qu'un contact est établi, nous allons faire en sorte que Tania
fasse bénéficier les malades chinois de ses dons.

La conversation se poursuivit pendant un moment puis, jugeant qu'il
était temps de partir, Yossef et Tania se levèrent et remercièrent Deng
Huopang, lequel prit soin de s'assurer que leur escorte policière les
ramène à leur hôtel.

l y avait plus d'un mois que Tania, Yossef et Bernard étaient revenus de Beijing. La fête de Qing Ming et, surtout, la rencontre avec Deng Huopang les avaient laissés perplexes, l'adoption du *Petit Livre*, même modifié par les autorités chinoises, leur apparaissant quasi invraisemblable. Pourtant, comme aimait le signaler Yossef, c'était bien ce qu'on leur avait expliqué. Les commentaires et analyses des médias avaient aussi affiché beaucoup d'incrédulité lors du discours de Deng Huopang, mais aucun représentant du gouvernement chinois n'avait put être rejoint afin d'en vérifier la teneur. Depuis, aucune information additionnelle n'avait filtré de Chine.

⁏ ⁏ ⁏

Oued Ellil recevait toujours des visites de malades ayant besoin de Tania, visites qui n'étaient acceptées qu'après une enquête poussée de la part de Samir et de Bernard aussi, qui s'attardait aux vérifications de nature non médicales. Les demandes venaient de partout. L'une de ces demandes fut adressée directement à Tania : elle émanait de Pietro Gordini. Il avait tenté de la rejoindre en passant par le secrétariat de l'Agneau lumineux de Dieu et ce n'était qu'après avoir insisté, avoir laissé un long message et avoir indiqué l'urgence de la situation qu'on se décida, après maintes discussions, à le rappeler. Bernard fut chargé de la communication. Il le joignit dès sa première tentative, s'identifia et après quelques banalités, enchaîna.

– J'ai remarqué qu'on m'a répondu en mentionnant le bureau du cardinal Gordini. Vous êtes maintenant cardinal ?

– Oui, le souverain pontife a bien voulu m'accorder cet honneur. Cette charge, pour être plus précis. Je fais partie de la vague de nominations qui s'est faite il y a quelque temps.

– Vous êtes toujours au même service ?

– Vous voulez dire au Conseil Pontifical Justice et Paix ? Oui. J'ai remplacé le cardinal d'Albini, qui est maintenant Secrétaire d'État de la Curie Romaine. C'est de lui dont il s'agit d'ailleurs, monsieur Dunn.

– Je vous écoute.

– Le cardinal d'Albini est malade. Un cancer des poumons, dont nous venons d'apprendre la malignité.

– Un cancer incurable ?

– Oui. Bien qu'il n'ait rien demandé, j'ai pensé que madame Fixx pourrait lui venir en aide. Le cardinal d'Albini est le bras droit du souverain pontife, un rôle ingrat, mais absolument nécessaire.

Bernard ne disait rien.

– Vous pensez sûrement au séjour de madame Fixx au Vatican, continua alors Gordini. Le pape précédent croyait bien faire, monsieur Dunn. Nous nous en excusons.

– Que suggérez-vous exactement ?

– Madame Fixx accepterait-elle de nous visiter, au Vatican ?

– Je ne sais pas, monsieur Gordini. Le cardinal d'Albini peut-il se déplacer ?

– Nous essayons de lui éviter toute fatigue. Il n'est plus très jeune, vous savez. Mais si le Vatican représente un problème, peut-être pourrions-nous utiliser un endroit... plus neutre ?

– Je vous écoute.

– Un sanctuaire en Italie ?

– Chaque déplacement de Tania est un problème, vous le savez. Vraiment, le cardinal d'Albini ne pourrait venir ici ?

– Je vais vérifier, monsieur Dunn. Puis-je vous rappeler directement ?

– Mais bien sûr. Voici mon numéro personnel.

On révisa la teneur de cet appel dès qu'il fut terminé.

– D'Albini est ce vieux personnage auquel j'étais rattaché lors de mon séjour au Vatican, dit Tania.

– Il est maintenant Secrétaire d'État de la Curie Romaine, reprit Bernard. C'est en somme lui qui dirige tout. Avec le pape, évidemment.

– C'est bizarre qu'ils fassent appel à tes services, dit Yossef. Surtout, que ce soit Gordini qui le demande.

– Je ne trouve pas, répondit Tania. Au contraire. Gordini nous connait bien. Et le pape doit avoir grand besoin de d'Albini.

– Alors, tu acceptes ? demanda Yossef.

– Nous n'avons pas le choix, Yossef, dit Tania. Sinon, que représentent le *Petit Livre* et notre message ?

– Tu irais à Rome ?

– J'aime mieux que ce soit moi qui aille à Rome. C'est un geste plus humain, je crois. Et ils vont probablement nous proposer un hélicoptère spécial, avec accès direct au Vatican. Ce sera facile.

– Là-bas il faudrait assurer nos déplacements. Le Vatican n'est pas grand, mais je veux qu'une garde suffisante t'entoure constamment, dit Bernard.

– Oui, dit Yossef. Quatre de nos meilleurs hommes. Incluant Armen, notre nouveau chef de la sécurité.

– Bon. C'est lui qui doit me rappeler. Y a-t-il une période qui te convient mieux ? demanda Bernard.

– Laissons-les nous proposer la date de la visite, répondit Tania.

Pietro Gordini rappela le lendemain matin.

– Le cardinal d'Albini m'enjoint d'abord de l'excuser auprès de madame Fixx et de lui dire qu'il n'a gardé que de très bons souvenirs de son séjour ici, commença Gordini.

– Le cardinal n'aura pas à se déplacer, dit alors Bernard. Tania se rendra au Vatican.

– Vraiment ? Alors nous vous envoyons un hélicoptère qui se posera où vous nous l'indiquerez.

– Quand aimeriez-vous que Tania rende visite au cardinal ?

– Le plus tôt serait le mieux. Est-ce possible en début de semaine prochaine ?

– Je crois que oui. Donnez-moi vos coordonnées afin que je puisse vous confirmer le moment exact. Et l'endroit aussi. Ce sera un gros appareil ? Il y aura six personnes.

– Ah ?

– Tania sera accompagnée de quatre gardes de sécurité. Et je serai avec elle.

– Bon, très bien. Nous utiliserons un appareil approprié. Par contre, des aires de manœuvres spéciales seront requises. Nous ne pouvons pas accommoder un gros appareil sur les espaces du Vatican. Il faudra utiliser les services aéroportuaires de Rome. Ce ne sera pas un problème.

La visite eut lieu le mercredi suivant, une semaine après les arrangements pris avec Pietro Gordini. Un gros hélicoptère Eurocopter Super Puma pouvant accommoder dix passagers plus une cargaison de quelques milliers de kilos se posa sur le terrain de stationnement du complexe d'Oued Ellil à neuf heures. Il redécolla trente minutes plus tard avec Tania, Bernard, Armen et trois autres gardes de sécurité. Le trajet fut court. Un peu plus d'une heure plus tard, l'atterrissage se faisait à l'aéroport Fiumicino d'où une limousine aux armoiries du Vatican les conduisit rapidement à Rome, au Vatican.

Pietro Gordini les reçut. Poli et courtois, il les conduisit directement aux bureaux du cardinal d'Albini.

Tania reconnut bien le cardinal, mais il avait changé. D'allure moins sévère sans sa soutane et ses décorations rouges, il paraissait fatigué. Il avait aussi maigri, et toussait beaucoup. Il accueillit Tania avec empressement, mais sans chaleur. Celle-ci était suivie par ses quatre gardes du corps. Bernard était à sa gauche, un peu en retrait.

– Je vous remercie de vous être déplacée, dit-il. Croyez-moi, c'est le cardinal Gordini qui est à l'origine de tous ces embarras.

– Il me fait plaisir de vous revoir, dit Tania. Voici Bernard Dunn, un de mes associés.

Bernard prit la main que le cardinal lui tendait. Pas de baise-bague, remarqua Tania.

– Vous avez maigri, dit-elle. Et vous paraissez fatigué.

– Oui, c'est vrai. Ce n'est pas le travail, mais le cancer. Il me ronge.

Tania se rapprocha très près de d'Albini et, le regardant droit dans les yeux, lui dit simplement.

– Voilà. Mon rayonnement vous a déjà guéri. Puis-je faire autre chose pour vous ?

D'Albini, qui semblait mal à l'aise, hésita avant de répondre.

– Non, madame Fixx. Vraiment, non. Vous prendrez bien le déjeuner avec nous ? Il est déjà près de treize heures.

– Nous vous remercions de votre offre, répondit Bernard, mais nous avions espéré retourner rapidement à Oued Ellil.

– Bien, enchaîna Gordini. Alors nous pouvons vous ramener immédiatement à l'aéroport.

Le cardinal d'Albini remercia encore Tania, salua Bernard et les gardes de sécurité et les reconduisit à la porte de son bureau.

Il y avait beaucoup de circulation, comme toujours, entre Rome et son aéroport international. La limousine n'était pas escortée, mais comme les vitres étaient teintées, personne ne pouvait voir à l'intérieur. Ils circulaient sur l'autoroute menant à l'aéroport depuis un bon moment et étaient presque rendus. Soudain, tout de suite après le viaduc passant sous l'autoroute A12, deux motocyclistes débouchèrent de la voie d'accès à l'autoroute de l'aéroport et vinrent se placer derrière la limousine. Comme celle-ci ne roulait pas rapidement, Armen trouva la manœuvre louche et se mit à observer attentivement les motocyclistes. Il réagit instantanément quand il les vit sortir des mitraillettes Beretta de leurs vestes et accélérer vers la limousine.

– Freine immédiatement ! Vite ! commanda-t-il au chauffeur en pointant un pistolet sur lui. Le chauffeur freina violemment, projetant Tania et Bernard vers l'avant. Les gardes avaient compris et dégainé leurs pistolets. Le freinage rapide de la limousine surprit les motocyclistes qui la dépassèrent sans pouvoir utiliser leurs armes. Ils s'arrêtèrent le plus rapidement qu'ils le purent, mais Armen avait été plus rapide. Accompagné des trois gardes de sécurité, il était sorti de la limousine et tirait déjà sur les motards. L'un d'eux tomba. Le deuxième réussit à enfourcher sa moto et repartir.

– Redémarre ! Vite ! cria Armen au chauffeur.

La limousine repartit en trombe. Quelques minutes plus tard, ils avaient franchi le peu de distance qui les séparait de l'aéroport de même que les contrôles d'accès des véhicules motorisés aux pistes. Ils stationnèrent près de l'hélicoptère.

– Tu viens avec nous ! ordonna Armen au chauffeur. Tania, et vous deux, restez dans l'auto, continua-t-il en pointant deux des gardes du doigt.

Il n'y avait personne. Les portes de l'appareil étaient déverrouillées, mais le pilote n'était pas là. Stationné un peu à l'écart, l'hélicoptère était le seul appareil du genre en vue et de toute façon, il ne pouvait pas y avoir de confusion, la taille et l'apparence de l'engin étant déjà spectaculaire.

Armen regarda Bernard, le questionnant des yeux.

– Attendons quelques minutes, dit Bernard, très énervé.

– Non, répondit Armen. C'est trop dangereux. Nous sommes isolés sur la piste et tout ça me semble louche. Nous allons repartir, le plus naturellement possible. La limousine nous servira de couvert. Elle est facilement identifiable comme un véhicule du Vatican.

Ils sortirent de l'appareil, en fermèrent la porte et remontèrent dans la limousine.

– Y a-t-il un autre aéroport près d'ici ? demanda Armen au chauffeur.

– Oui. Ciampino. C'est à quarante-cinq minutes seulement.

– Pourquoi ne pas tout simplement aller informer la police à l'aéroport, ici-même ? suggéra Tania.

– Je n'ai pas confiance, répondit Armen. Si nous faisons affaire avec un groupe bien organisé, ils peuvent avoir pris des mesures impliquant de faux policiers.

– Le pilote aurait dû être là, ajouta Bernard. Gordini ou quelqu'un d'autre l'avait sûrement averti de notre arrivée.

– On repart, dit alors fermement Armen. Vers Ciampino, indiqua-t-il au chauffeur, et sans fausses manœuvres.

La limousine quitta l'aire de stationnement, refranchit sans problème les contrôles d'accès aux pistes, et prit l'autoroute A 91 vers Rome.

– Deviez-vous vous rapporter à quelqu'un ? demanda Armen au chauffeur.

– Oui. Je devais appeler mon supérieur dès que vous seriez montés à bord de l'hélicoptère.

– Appelez-le. Et dites-lui que nous sommes à bord.

Le chauffeur s'exécuta, rapportant qu'il avait bien livré ses passagers à l'appareil et qu'il était sur le chemin du retour. Il ne sembla pas y avoir de surprise à l'autre bout de la ligne, du moins si on se fiait au ton de l'échange, lequel était audible de tous car la limousine était équipée d'un appareil de communication avec haut-parleurs jumelés à la radio.

– Je vais rejoindre Yossef, dit Armen en sortant son cellulaire de sa poche.

Dès qu'il obtint la communication, il engagea une conversation en arabe qui ne dura que quelques minutes.

– Yossef suggère de se placer sous la protection des policiers le plus rapidement possible. Il me rappelle dans quelques instants.

Effectivement, la sonnerie se fit entendre quelques instants plus tard et Armen reprit sa conversation en arabe avec Yossef. Dès qu'il eut terminé, il demanda au chauffeur.

– L'aéroport Pratica di Mare est à quelle distance d'ici ?

– C'est un peu au sud de Fiumicino. Nous avons à peine franchi quelques kilomètres... Vingt minutes, trente au plus.

– Vous nous amenez à l'aéroport Pratica di Mare, dit Armen.

Quelques secondes plus tard, le chauffeur sortit de l'autoroute A 91, fit demi-tour et revint sur la A 91 en direction ouest, vers Fiumicino.

– Je dois revenir sur mes pas pour rejoindre la circonvallation occidentale, dit le chauffeur.

– Pratica di Mare est une base militaire. Yossef recommande de s'y rendre et de s'en remettre aux autorités militaires sur place, dit Armen en s'adressant à Tania et Bernard.

Ils roulaient depuis quelques minutes sur la via Pontina, lorsqu'on appela le chauffeur.

– Vous ne répondez pas, dit Armen.

– Si je ne réponds pas, ils vont ameuter toute l'Italie, répondit le chauffeur. C'est une limousine du Vatican, ne l'oubliez pas.

– Ne répondez pas, attendez. Ils ne vont quand même pas paniquer avant quelques minutes, non ?

De fait, il ne se produisit rien. Ils étaient maintenant sur une petite route, la via di Pratica, et ils arrivèrent à un poste de contrôle important qui donnait accès à la base militaire. Le chauffeur se gara un peu en retrait des barrières d'accès. À l'apparition d'une limousine identifiée aux armoiries du Vatican, deux soldats sortirent de leur poste de contrôle et s'approchèrent du véhicule. Aussitôt, Armen et Bernard sortirent de l'auto.

– Vous parlez anglais, messieurs ? demanda Bernard.

– Oui, un peu, dit l'un des soldats.

– Nous avons une urgence et avons besoin de votre aide, continua Bernard. Madame Tania Fixx est dans l'auto. Vous avez entendu parlez d'elle ?

En entendant prononcer son nom, Tania sortit de la limousine. Les deux soldats restèrent bouche bée, immobiles. Elle s'approcha d'eux et leur tendit la main.

– Bonjour ! Vous pourriez nous conduire au directeur de la base ? Ou à une personne en charge ?

Finalement, l'un d'eux se ressaisit, lui serra la main et balbutia.

— Excusez-moi, madame. J'appelle mon supérieur.

Il repartit vers sa guérite. L'autre soldat ne bougeait pas, complètement fasciné. Tania lui souriait, tout simplement. Quelques minutes plus tard, une auto arriva en trombe. Un officier en sortit, s'approcha de Tania et dit.

— On m'apprend que vous avez besoin d'aide, madame. Que se passe-t-il ?

Il examinait Tania de haut en bas, sans pouvoir se contrôler. Bernard prit alors la parole et raconta brièvement les événements de la dernière heure, leur peur devant ce qui leur apparaissait un complot visant à éliminer ou mettre Tania en échec.

— Bon, je vous emmène à la base. Y a-t-il d'autres personnes ?

— Trois autres de nos gardes de sécurité sont aussi dans l'auto, répondit Bernard.

L'officier s'approcha de la limousine, ouvrit la portière, regarda à l'intérieur, puis referma la porte.

En italien, il dit au chauffeur.

— Suivez-moi.

On reprit place dans la limousine. Après avoir dépassé quelques petits bâtiments, ils entrèrent dans une aire de stationnement ou était exhibé un superbe avion jaune d'une autre époque. L'officier s'arrêta devant un édifice à bureaux et les attendit.

— Vous allez devoir laisser vos armes au poste de vérification, si vous en avez bien sûr, dit-il aux gardes de sécurité.

Puis, s'adressant à Bernard qui était près de lui.

— Je suggère de renvoyer la limousine et son chauffeur.

Sans attendre de réponse, il s'approcha de l'automobile et parla brièvement au chauffeur, en italien. La limousine repartit immédiatement.

Ils entrèrent dans l'immeuble et après avoir franchi un poste d'inspection, l'officier les dirigea vers une salle de réunion où il leur offrit du café, des rafraîchissements.

> – Je suis le sous-commandant Aldo Benetti. Le commandant Castellucci est absent cette semaine et je le remplace. Il me fait plaisir de vous accueillir à la base, madame Fixx, ainsi que vous tous. Nous avons bien sûr souvent entendu parler de vous, et je vous prie d'excuser tout comportement de notre part qui pourrait vous apparaître... impoli. Votre apparence est... spectaculaire, je ne trouve pas d'autres mots.

Tania se contenta de sourire, en hochant la tête.

> – Vous n'avez rien rapporté à la police ?

> – Nous avions peur, monsieur Benetti, répondit Bernard. C'est pourquoi Armen, notre chef de la sécurité, a immédiatement décidé de quitter les environs de l'aéroport international.

> – Bon, je crois que nous devons avertir la police, dit le sous-commandant Benetti. Excusez-moi un moment, je vais prendre les mesures nécessaires pour que ce soit fait.

Il prit l'appareil téléphonique sur la console près de l'entrée et donna quelques ordres en italien.

> – Voilà, dit-il, c'est fait. J'imagine qu'ils seront ici rapidement. Vous deviez repartir de Rome pour quelle destination ?

> – Notre base est à Tunis, répondit Bernard. Un hélicoptère nolisé par le Vatican nous attendait à l'aéroport Leonardo da Vinci pour nous y ramener. Mais comme je vous l'ai rapidement raconté plus tôt, il n'y avait personne quand nous nous sommes présentés à l'aéroport. C'était louche et nous avons supposé le pire.

> – Vous aimeriez contacter le Vatican ? demanda le sous-commandant.

– Cela va vous paraître étrange, monsieur, mais nous aimerions attendre d'être à Tunis avant de reprendre contact avec le Vatican, répondit Bernard.

– Ce serait trop long à vous expliquer, ajouta Tania, mais nos relations avec le Vatican sont tendues.

Le sous-commandant réfléchit pendant un moment puis ajouta.

– Je n'ai pas d'appareil disponible aujourd'hui, mais si vous êtes d'accord pour attendre jusqu'à demain, il me fera plaisir de vous reconduire à Tunis. Nous pouvons vous loger, il y a des appartements disponibles sur la base. Et nous serons heureux de vous avoir avec nous pour le dîner.

– C'est extrêmement gentil de votre part, répondit Tania, et nous acceptons votre invitation pour le dîner et la nuit. Mais nous pouvons prendre des arrangements pour qu'un appareil tunisien vienne nous prendre à la base demain en matinée.

– Madame Fixx, reprit le sous-commandant, votre présence ici nous honore, croyez-moi. Laissez-nous le plaisir de vous reconduire chez vous. Un hélico militaire sera ici demain matin. Aimeriez-vous vous détendre, vous rafraîchir ? Mon adjointe va s'occuper des arrangements pour la nuit et vous conduire vers vos appartements respectifs. C'est tout près d'ici. Il est maintenant... un peu plus de quinze heures. Les policiers devraient être ici sous peu. Mon adjointe vous aidera lorsqu'ils se présenteront. Alors, on se revoit à dix-neuf heures trente ?

Après être revenue de son émoi, lorsqu'elle vit Tania, l'adjointe du sous-commandant prit en charge les visiteurs, assigna des chambres à chacun et indiqua où ils pouvaient se procurer un léger goûter lorsque Bernard remarqua que personne n'avait mangé depuis le matin. Elle fut particulièrement efficace lorsque les policiers se présentèrent environ une heure plus tard. Bernard et Armen firent un rapport complet de l'attentat et les policiers prirent consciencieusement note des détails le concernant, promettant qu'une enquête serait immédiatement ouverte.

Au dîner, le petit groupe fut conduit à un mess ou une dizaine d'officiers et plus de cent militaires les attendaient. Évidemment, Tania fit sensation. Le repas fut bruyant, joyeux, tous voulant lever leur verre pour la saluer. Elle prit le temps de s'approcher de chacun d'eux, sachant pertinemment que c'était ce que tous désiraient.

Le lendemain matin, ils partirent de la base à neuf heures à bord d'un gros hélicoptère militaire et atteignirent rapidement Oued Ellil, où l'appareil avait reçu la permission de se poser.

Chapitre 21

Tania et Bernard étaient de retour depuis à peine deux jours. La tentative d'assassinat avait ébranlé Tania beaucoup plus qu'elle ne l'avait laissé paraître. Elle avait eu peur et Yossef dût la rassurer et la calmer, lui faisant comprendre qu'elle ne serait jamais à l'abri de telles tentatives, quelles que soient ses allégeances ou croyances. Il y aurait toujours quelqu'un qui serait en désaccord avec elle, ou qui l'envierait, ou encore qui ne lui pardonnerait pas l'existence de son pouvoir. Tania savait tout cela depuis longtemps, mais se le faire redire blottie dans les bras de Yossef semblait plus rassurant.

C'était encore tôt le matin, et Oued Ellil reprenait ses activités habituelles. Yossef était à son bureau de travail, de même que Bernard. Tania s'occupait de Robert Ali, jouant avec lui. Elle entendit soudain un sifflement qui s'amplifia trop vite, puis il y eut une explosion qui fit trembler tout le bâtiment. Immédiatement, des cris se firent entendre, des plaintes. Elle prit Robert Ali dans ses bras, et comme elle était au rez-de-chaussée, à l'arrière du bâtiment, courut vers les jardins, où des gardes de sécurité se dirigeaient vers la maison. Une deuxième explosion se fit alors entendre, et la partie avant de la résidence d'Oued Ellil sembla sortir de terre.

Yossef et Bernard avaient réagi dès la première explosion. Ils avaient couru dans la maison, exhortant tous et chacun à sortir à l'extérieur, à se cacher. Bernard avait aperçu Rafik couché par terre, inerte. Plusieurs autres personnes étaient blessées, des aides domestiques, des gardes de sécurité. Yossef se dirigea vers l'appartement qu'il occupait avec Tania et constata rapidement qu'il était vide. Tania avait pu s'enfuir, avec le bébé. Puis, une troisième explosion fit voler en pièces les véhicules garés dans le stationnement à l'avant de la propriété. Il n'y avait heureusement personne à cet endroit. Un nuage de poussière enveloppait les bâtiments et toute la partie avant des installations était en flammes, lesquelles gagnaient d'ailleurs rapidement l'ensemble du complexe d'habitation. Yossef avait finalement rejoint Tania et Robert Ali dans les jardins. Bernard, de son côté, essayait encore d'aider les personnes blessées lors des explosions. Armen et plusieurs gardes de sécurité en faisaient autant.

Au bout d'une quinzaine de minutes, le désordre avait cessé. La maison de l'agneau d'Oued Ellil flambait, on comptait plus d'une dizaine de blessés, Rafik était mort de même que deux gardes de sécurité, mais Tania, Robert Ali, Yossef, Bernard et le chef de la sécurité n'avaient pas été touchés. Ni Samir Haddad et Ahmed Ben Salem d'ailleurs. Si l'attentat visait à éliminer l'Agneau lumineux de Dieu, c'était un échec. La résidence principale était peut-être perdue, mais les installations utilisées lors des fêtes, sises à quelques kilomètres, ne semblaient pas avoir été visées. Du moins il n'y avait pas eu d'explosions, on les aurait entendues. Et tout pouvait se reconstruire.

Les pompiers, la police, de même que des ambulances, arrivèrent et prirent totalement contrôle de la situation. Quelques minutes plus tard, Yossef reçut un appel du ministre des affaires religieuses de Tunisie sur son cellulaire, son ami Zine Chikri. Celui-ci l'informa qu'il avait été mis au courant de l'attentat dont venait d'être victime Oued Ellil et qu'il envoyait immédiatement un convoi militaire pour le ramener, ainsi que Tania, Robert Ali et Bernard, au palais présidentiel où le premier ministre offrait de les loger jusqu'à nouvel ordre. Le convoi ramènerait aussi tout le personnel de la résidence, lequel serait relogé aux frais de l'état jusqu'à ce qu'une solution plus permanente soit identifiée.

Déjà, les médias étaient sur place. Les reporters et les caméras de télévision locales diffusaient la nouvelle en direct, laquelle était reprise et retransmise par les canaux internationaux.

Zine Chikri les avait accueillis au palais présidentiel et les avait dirigés vers les logements qu'ils occuperaient. Il avait aussi mis à leur disposition une salle de conférence et les avait renseignés sur les horaires des repas, lesquels se prendraient dans une salle à manger qui leur serait dédiée. Puis il s'était poliment effacé, leur laissant les coordonnées de tout le personnel qui pouvait leur venir en aide au besoin.

Installée au palais présidentiel depuis quelques heures, Tania reprenait son calme. Elle avait peur que Robert Ali reste marqué par cet épisode. Mais le petit semblait avoir complètement oublié cet incident et s'amusait avec des babioles, des coussins, des coffres qui faisaient partie de l'ameublement.

Yossef et Bernard se rejoignirent dans la salle de conférence.

– As-tu pu parler à Armen ? demanda Bernard.

– Non. Mais je doute que lui et son personnel aient vu venir quoi que ce soit.

– Des missiles téléguidés tu crois ?

– Je ne sais pas Bernard. Je ne suis pas un expert. Mais ça ne pouvait pas venir de très près.

– Deux jours après l'attentat de Rome, ce ne peut être une coïncidence. J'ai l'impression que tout cela fait partie d'un complot de bonne envergure.

– Qui, Bernard, qui ?

– Je pensais que c'était le Vatican. Mais maintenant, j'en suis moins certain. Mais c'est toujours possible.

– Omar ? Son copain Mahmoud Dayan ne m'inspire pas confiance, surtout depuis la mort de l'agneau. Je suis persuadé qu'il y est pour quelque chose.

– Peut-être, Yossef. Mais ce ne sont que des soupçons.

– Tu as raison.

– La perte de Rafik m'attriste, dit Bernard. Je l'aimais bien.

Il y eut un moment de silence, chacun essayant de comprendre ce qui lui arrivait.

– Tout le matériel électronique est détruit, reprit Bernard. Nos serveurs étaient-ils protégés ?

– Les serveurs sont dans un centre à Tunis. Il n'y a donc rien eu de détruit, sauf les données qui étaient manipulées au moment même des explosions.

– Tu revois souvent Zine Chikri ? ajouta Bernard.

– Non. Mais il s'intéresse toujours à nous. Il m'appelle de temps à autre.

– Et le président Benazi ? Monsieur Chikri n'agirait sûrement pas ainsi sans l'approbation du président.

– Zine Chikri le tient sans doute au courant. D'ailleurs, c'est toi qui avait accompagné Tania lors de l'invitation qu'il avait faite l'an dernier, je crois.

– Oui.

Un nouveau silence se fit, que Yossef brisa enfin.

– Bon, je vais aller rejoindre Tania.

$$\zeta\ \zeta\ \zeta$$

Juste avant l'heure du dîner, Bernard reçut un appel du Vatican sur son cellulaire. C'était le cardinal Pietro Gordini. Il songea d'abord à rompre immédiatement la conversation, mais se retint et, sur ses gardes, écouta Gordini.

– Je suis désolé pour vous tous, monsieur Dunn. Vraiment, nous sommes tous ébranlés par ce qui vous arrive. Quelle catastrophe !

– Merci, monsieur Gordini.

– Vous n'avez aucune idée sur les auteurs de ces attentats ?

Bernard hésita avant de répondre.

– Nous avons bien quelques suspects, mais ce ne sont que des soupçons.

– Croyez-moi, nous cherchons de notre côté ce qui a bien pu se produire à l'aéroport. Notre chauffeur nous a fait un rapport très détaillé de l'attentat dont vous avez été victime et nous enquêtons sur le sujet. Nous ne pouvons pas expliquer l'absence du pilote de l'hélicoptère et ceci nous paraît être une piste à suivre. Mais enfin, cela ne vous aide pas, je le sais trop bien.

– Je vous remercie de l'attention que vous portez à cet incident, répondit Bernard. Y a-t-il autre chose ?

Gordini ne sembla pas remarquer la froideur dans la voix de Bernard et continua sans hésiter :

– Oui, monsieur Dunn. Le Saint-Père aimerait vous rencontrer. Enfin, rencontrer Tania, plus précisément.

Bernard ne s'attendait pas à cette demande et prit quelques secondes avant de répondre.

– Maintenant ? Après ce qui vient de nous arriver ?

– Oui. Le pape est très sensible à tout ce qui touche votre mouvement. Il aimerait vous rassurer, je crois.

– Nous rassurer ?

– Vous savez, monsieur Dunn, nous ne sommes pas sans savoir que vos soupçons portent aussi sur le Vatican. Le Saint-Père en est conscient.

Bernard ne savait quoi répondre. Comment dire au pape que le moment n'était pas approprié ?

– Je ne peux malheureusement pas vous donner de réponse sans d'abord en parler à madame Fixx et à son époux, finit-il par dire. Tania en particulier est très affectée par les attentats que nous venons de subir.

– Mais je comprends très bien, monsieur. C'est pourquoi le Saint-Père offre de se déplacer et de se rendre à Tunis.

– Vraiment ?

– Vous n'avez qu'à nous indiquer le moment qui vous conviendra le mieux. Et l'endroit aussi. Pour autant que le Saint-Père y soit admis ! termina Gordini, un sourire dans la voix.

– Comment puis-je vous rejoindre ? demanda Bernard.

Gordini lui donna ses coordonnées et la conversation se termina sur des souhaits mutuels.

Bernard communiqua cette nouvelle lors du dîner. Yossef fut d'abord réfractaire à toute rencontre impliquant le Vatican, mais Tania lui fit comprendre que le pape offrant de se déplacer, ce ne pouvait être dangereux, surtout s'il acceptait de venir au palais présidentiel. Si le président Bénazi donnait son accord, évidemment. Cela apparaissait vraiment comme une offre de pourparlers, une tentative d'explication, de clarification.

Tania suggéra d'accepter l'offre du pape. Yossef, réalisant qu'elle avait raison, ne s'y objecta pas ; Bernard non plus.

*   *   *

Bernard devait rappeler le cardinal Gordini le lendemain afin de discuter des arrangements nécessaires concernant la visite du pape. Il se préparait à cette conversation lorsqu'il reçut un nouvel appel sur son cellulaire. C'était Li Chang, le chef de bureau du conciliateur d'état Deng Huopang.

– Nous avons appris que votre centre d'Oued Ellil a été détruit. C'est bien la réalité, monsieur Dunn ?

– Malheureusement oui. Nous nous perdons en conjectures sur les auteurs de cette tragédie.

– Il y a des blessés ?

– Nous avons perdu notre directeur des affaires religieuses, Rafik Chakroun. Et il y a en effet plusieurs blessés, des blessures mineures, heureusement.

– Les nouvelles télévisées nous ont aussi appris que vous résidiez actuellement au palais présidentiel de monsieur Bénazi.

– En effet, c'est exact.

– Mon appel a pour but de vous offrir l'hospitalité, monsieur Dunn. À tout le personnel dirigeant de votre organisation. Nous serions heureux de vous avoir parmi nous, aussi longtemps que vous le jugerez nécessaire. La Chine se fera un plaisir de mettre les installations nécessaires à votre disposition.

Bernard fut surpris par cette offre. Il répondit enfin.

– Je vous remercie de cette offre, monsieur Chang. Vraiment, c'est très apprécié.

– Cela vous mettrait aussi à l'abri de toute tentative de même nature pendant un moment, continua Li Chang. Le temps de vous ressaisir, de planifier les prochaines étapes.

– C'est vrai. Laissez-moi en discuter. Je vais vous rappeler sous peu.

Li Chang laissa ses coordonnées, lui rappela qu'ils étaient les bienvenus en Chine, et finalement coupa la communication.

Après quelques minutes de réflexion, Bernard rappela le cardinal Gordini. Le président Bénazi s'était montré intéressé à rencontrer le pape au moment le plus approprié pour ce dernier. Finalement, la rencontre fut planifiée pour le jeudi suivant, en matinée. C'était le seul moment libre du pape. Bernard rencontra ensuite Tania et Yossef pour leur faire part de sa conversation avec Li Chang. On décida d'attendre quelques jours avant d'en discuter plus amplement.

Chapitre 22

Le pape arrivait. L'hélicoptère se posa sur l'aire d'atterrissage du palais présidentiel, située en bord de mer. Le ministre Zine Chikri ainsi que quelques personnes du gouvernement l'accueillirent pour immédiatement le conduire au palais, une courte marche de quelques minutes. Il avait été décidé que la visite demeurerait incognito et qu'aucun reporter ne serait présent. Robert 1er ne dérogeait pas à son image : il portait son costume blanc, son col romain doré et arborait un large sourire. Il était accompagné du cardinal Pietro Gordini, ainsi que d'une jeune femme blonde vêtue d'un tailleur noir et d'une blouse blanche qui portait un attaché-case à l'épaule.

Le premier ministre Bénazi attendait le pape, debout à la porte du palais. Ils parlèrent quelques minutes ensemble, puis tous entrèrent à l'intérieur et se dirigèrent vers un salon où se trouvaient déjà Tania, Yossef et Bernard. Dès que le pape aperçut Tania, il se dirigea vers elle, s'arrêta net à quelques pas devant elle et la toisa pendant au moins dix secondes sans dire un mot. Puis, il dit.

– Le cardinal Gordini m'avait averti, mais je n'en crois pas mes yeux ! Madame Fixx, vous semblez sortie d'un autre monde ! C'est incroyable !

Il s'approcha d'elle et ajouta, en lui tendant la main, un large sourire aux lèvres.

– Il me fait tellement plaisir de vous rencontrer !

Tania, qui ne s'attendait absolument pas à une telle attitude de la part du Saint-Père, esquissa une courbette.

– Mais voyons, madame, un ange ne s'incline pas devant un simple mortel...

Il éclata alors de rire devant la mine déconfite de Tania, puis la prit carrément par les épaules et lui fit la bise, à la française. Il se tourna ensuite vers Yossef et lui tendit la main.

– Robert Porter, dit-il simplement.

Yossef lui serra la main et s'identifia. Puis ce fut le tour de Bernard. Le premier ministre Bénazi s'avança ensuite et prit congé, suivi de Zine Chikri et des quelques personnes du gouvernement qui se trouvaient là.

Yossef invita le pape à s'asseoir, puis tous prirent place sur des fauteuils qui avaient été disposés en cercle. Du café, des rafraîchissements et des pâtisseries étaient disponibles sur de petites tables placées près des fauteuils.

– Avant de commencer, dit alors le pape, j'apprécierais que vous m'appeliez par mon nom, tout simplement. Je ne crois pas aux formules ronflantes du genre Votre Sainteté. Je suis loin d'être un saint, d'ailleurs !

Il était évident que le pape cherchait à détendre l'atmosphère, et il y réussissait.

– Je crois que vous connaissez déjà le cardinal Gordini ? reprit-il en se tournant vers Pietro, qui inclina la tête en souriant.

Il pointa ensuite la jeune femme de la main.

– Et voici Gloria Pancetti, ma secrétaire. J'ai préféré une jeune femme à un... Bon, je me tais ! dit-il en riant.

– Vous nous surprenez beaucoup, très Saint-Père, dit Bernard. Comparé à vos prédécesseurs, vous faites figure de révolutionnaire.

– Monsieur Porter, s'il vous plaît, releva le pape. C'est vrai. Il était temps de rafraîchir tout ça. On ne peut prétendre être de son temps à l'intérieur de structures archaïques et de cérémoniaux dépassés.

– Cela vaut-il pour tout ce qui touche l'Église de Rome ? dit Yossef.

– Oui. Ça ne se fera pas du jour au lendemain, mais vous verrez. L'Église s'est engoncée dans un formalisme qui lui a fait perdre contact avec la réalité. Je veux corriger cela.

– Mais ce n'est pas là le but de votre visite, n'est-ce pas ? demanda Tania.

– Bien sûr que non. Je voulais d'abord vraiment vous rencontrer. Votre travail auprès des malades est une œuvre splendide, tout à votre honneur. Et je crois que le Vatican vous doit des excuses.

Le pape pencha la tête quelques secondes puis reprit.

– Le cardinal Gordini s'est longtemps employé à essayer de vous amener au Vatican, sous les instances de son supérieur de l'époque, le cardinal d'Albini, que vous connaissez bien. Ils croyaient, à tort, pouvoir vous garder chez nous. C'était une erreur. Pour l'Église, vous représentiez alors un immense espoir de renouveau, presqu'un nouveau Christ, doté de pouvoirs inexpliqués, que certains ont pu qualifier de divins. Personne n'a alors pensé que vous aviez votre propre façon de faire, et que celle de l'Église n'était pas nécessairement la meilleure.

– Cette forme de pensée est-elle récente ? demanda Tania.

– Oui. Très récente. Croyez-moi, je ne suis pas certain que tout le clergé comprenne ce que j'essaie de réaliser. De plus, je ne prétends pas connaître toutes les actions, toutes les machinations qui se trament au Vatican. Comme dans tout état, toute entreprise, il y a beaucoup de politique, de convoitise, de favoritisme même. Cela vous surprend ?

– Ce qui nous surprend, dit Bernard en s'avançant sur son fauteuil, c'est que vous puissiez en parler. J'en suis estomaqué ! Vous êtes persuadé que votre approche est... recevable ?

– Je le crois, oui, monsieur Dunn. Mais je sais aussi que je vais créer un ouragan de protestations et une immense peur chez ceux que je vais déranger. Les plus vieux en particulier. Au Vatican bien sûr.

Tous l'écoutaient attentivement, incrédules, surpris.

— Vous savez, enchaîna le pape, ma vision des choses est relativement proche de la vôtre.

Il prit alors tout près d'une heure pour expliquer comment il entendait réformer l'Église, les difficultés qu'il envisageait et comment il espérait être en mesure de les résoudre. Tous posaient des questions, auxquelles il répondait avec attention. Le cardinal Gordini l'aidait quelquefois à préciser sa pensée, et sa secrétaire lui fournissait quelques références qu'il consulta pour mieux se faire comprendre.

C'était un exposé brillant, complètement inattendu, une mise à nu de sa vision de la nouvelle Église. À la fin, il ajouta.

— C'est pourquoi vous comprenez maintenant que le Vatican n'est pas impliqué dans les attentats des derniers jours.

Cette conclusion fit l'effet d'une bombe. Personne n'avait vu venir le lien entre l'exposé de la dernière heure et les soupçons qu'entretenait l'Agneau lumineux de Dieu au sujet des attentats. Il y eut un long silence, que le pape brisa finalement.

— Votre séjour au palais sera-t-il permanent ?

— Non, répliqua Yossef. Nous étudions présentement diverses possibilités concernant notre base d'Oued Ellil, dont les quartiers généraux doivent être complètement reconstruits.

— Si jamais vous faites face à un problème, il me ferait plaisir de vous accommoder au Vatican. Oh, je sais, madame Fixx sera surprise, mais nous devons oublier le passé. L'avenir est trop prometteur. Et de vous avoir près de moi permettrait des échanges très intéressants.

Le pape s'arrêta et consulta rapidement sa montre.

– Bon, je crois bien que notre temps est écoulé maintenant. Je dois malheureusement retourner à mon travail.

Il se leva, remercia Tania, Yossef et Bernard de l'avoir reçu, serra la main à tous, et se dirigea vers la sortie du salon. Le président Bénazi ainsi que Zine Chikri étaient en conversation dans le hall d'entrée du palais et s'empressèrent d'accompagner le pape vers l'héliport.

꒐ ꒐ ꒐

Toujours au salon, Yossef, Tania et Bernard essayaient de décortiquer les propos du pape. Ce dernier les avait fascinés, charmés, et ils se questionnaient sur le sens réel de sa visite.

– Le pape ne se déplace habituellement pas sans raison importante, dit Bernard. Et l'état dans lequel se trouve présentement l'Église doit sûrement l'occuper en tout temps. Alors qu'est-il venu faire ici ? Excuser son prédécesseur ? Nous faire part de son plan de réhabilitation ?

– Pourquoi ne serait-il pas simplement venu nous rencontrer pour nous connaître ? demanda Tania. Nous sommes l'opposition, je crois. Le *Petit Livre*, c'est nous. Nous sommes l'ennemi, celui par lequel l'Église de Rome perd ses plumes !

– Oui, tu as raison, reprit Yossef, mais nous ne sommes pas l'ennemi. Nous ne le sommes plus. Son plan de relance semble miser sur des considérations tellement différentes de ce que nous connaissons de l'Église de Rome que s'il réussit, celle-ci sera complètement transformée. Je me demande sérieusement comment il pourra faire accepter les modernisations qu'il nous a brièvement signalées concernant certains des dogmes fondamentaux de L'Église catholique !

– Son offre de séjour au Vatican était-elle sérieuse ? demanda Bernard. Cela m'a plutôt semblé être une formule de politesse.

– Elle était sérieuse, je crois, répondit Yossef. Ce serait d'ailleurs un formidable coup politique si nous acceptions ! Tous les doutes concernant les manipulations passées du Vatican à notre sujet s'évanouiraient instantanément.

– Et pourquoi n'accepterions-nous pas ? demanda innocemment Tania.

– Parce que ce serait nous rallier à leur cause, répondit Yossef. Ou ce serait interprété ainsi. Tu le sais bien, Tania. Tu te laisses emporter par la situation présente, qui est précaire, bien sûr, mais nous en avons déjà vécu d'aussi éprouvantes et nous nous en sommes tirés.

– Alors le but de sa visite était tout simplement de nous lancer cette invitation ? s'enquit Tania.

– Non. Je crois qu'il voulait faire la paix, dit Yossef. Il sait que nous soupçonnons le Vatican. Et le fait d'ouvrir son jeu, de nous laisser entrevoir ses buts et les approches qu'il entend prendre pour y arriver est très habile. De même que de se faire accompagner par Pietro Gordini. C'est un peu le réhabiliter à nos yeux.

Personne ne parla pendant un moment.

– J'ai demandé à Ahmed de nous donner un compte-rendu sur les démarches entreprises concernant la reconstruction d'Oued Ellil, reprit alors Bernard. Il m'a dit qu'il aurait les informations requises dans deux semaines, le temps de recevoir quelques devis manquants.

– Attendons son rapport, dit Yossef. Nous serons alors mieux placés pour décider des prochaines étapes. Je vais demander à Zine Chikri si nous pouvons demeurer ici pendant encore quelques semaines.

– Nous devons aussi penser à répondre officiellement à Li Chang, ajouta Bernard. Et que fait-on de la fête de l'été ? Le vingt et un juin arrive dans quelques semaines à peine.

– Trop de gens ont déjà organisé leur visite à Oued Ellil. Nous devons donc célébrer la fête du solstice d'été. Je suis certain qu'Ahmed prendra les mesures nécessaires à cet effet. Quant à Li Chang, pouvons-nous simplement lui dire que nous attendons les résultats d'études concernant la reconstruction de la résidence d'Oued Ellil avant de prendre quelque décision que ce soit ? demanda Yossef. D'un autre côté, s'isoler à l'abri en Chine pendant quelque temps ne serait pas une si mauvaise idée !

– Ça nous rapprocherait d'eux, ajouta Tania.

– Bon, je vais l'appeler, dit Bernard.

Chapitre 23

– Vous me dites que le pape a beaucoup impressionné madame Fixx et son mari ? demanda le cardinal d'Albini.

Il était assis à son bureau et Pietro Gordini lui faisait face.

– Beaucoup, lui répondit le cardinal Gordini. Il est même allé jusqu'à faire la bise à Tania Fixx ! J'en ai moi-même été très surpris.

– C'est en effet un peu... familier. Mais enfin, c'est le résultat qui compte. Et le Saint-Père semble bien doser ses effets, du moins jusqu'à présent. Dites-moi, vous avez bien arrêté toute démarche concernant l'Agneau lumineux de Dieu, n'est-ce pas ?

– Oui, monseigneur. Votre question résulte-t-elle de la visite de madame Fixx concernant votre maladie ? répondit Gordini avec un sourire narquois.

D'Albini le regarda dans les yeux une seconde avant de lui répondre.

– Je vous laisse le soin d'en juger vous-même.

Il se leva alors et marcha un peu dans son bureau. Il avait fait déménager son mobilier dans les pièces qu'il occupait depuis sa nomination à la secrétairerie d'État, une superbe suite au deuxième étage du palais épiscopal devant laquelle deux gardes suisses se tenaient en permanence, avec vue sur la place Saint-Pierre.

– Si nous jouons bien nos cartes, reprit d'Albini, l'Agneau lumineux de Dieu peut même nous servir. Nous devons donc ajuster notre tir. Nos anciennes peurs ne tiennent plus depuis l'arrivée de Robert 1er. La neutralité religieuse dont ils font montre nous aide, finalement. C'est comme si nous nous battions aux côtés d'une armée de mercenaires. Ces derniers n'ont pas à adopter nos vues, en autant qu'ils remplissent bien leur mandat !

– Que pensez-vous de l'intérêt démontré par la Chine ? demanda soudain Gordini.

– Effectivement, c'est curieux. Avons-nous plus d'informations à ce sujet ?

– Non, monseigneur, répondit Gordini. Nous n'avons pas d'émissaires en Chine, ni d'observateurs.

– Il le faudrait. Pouvons-nous... influencer quelqu'un à cet effet ?

– Vous voulez dire payer un observateur... influent ?

– Si vous voulez.

– Nous allons essayer.

– La faction égyptienne de l'Agneau lumineux de Dieu est-elle encore active ? demanda ensuite d'Albini.

– Oui.

– Vous êtes encore en contact avec eux ?

– Oui.

– C'est bien. Maintenez ce contact. On ne sait jamais. Mais sans intervention. D'ailleurs, ils sont aussi assez près de Téhéran, je crois ?

– Oui, monseigneur.

– C'est probablement de là que se planifient les attentats. Nous avons des contacts à Téhéran ?

– Oui. Très fiables et haut placés.

– Bon. J'aimerais que vous vous renseigniez sur la position de l'Islam concernant l'Agneau lumineux de Dieu.

– Très bien monseigneur. Ce sera fait.

{ { {

À Tunis, Yossef s'était entretenu avec Zine Chikri concernant leur séjour au palais présidentiel et ce dernier l'avait rassuré en lui disant que le président Bénazi se faisait un plaisir de les voir dans sa résidence. Quelques semaines de plus ne posaient donc aucun problème. Zine Chikri l'avait aussi informé que le président s'était montré ouvert à les aider à se relocaliser de façon plus permanente, au besoin.

Quelques jours plus tard, Ahmed reçut les devis manquants concernant la reconstruction de la résidence d'Oued Ellil. Il en fit immédiatement part à Bernard qui organisa une rencontre afin d'en discuter. Ahmed avait étalé des croquis sur la table de la salle de réunion qui avait été mise à leur disposition et donnait un compte-rendu rapide des informations qu'il avait reçues.

– Si on résume le projet, la reconstruction s'étalera sur environ douze mois et le coût prévu est de cinq millions d'euros, en tenant compte des imprévus, pour lesquels j'ai ajouté un demi-million d'euros.

– Douze mois, reprit Bernard, ce n'est pas un peu serré ? Ici, en Tunisie ?

– Oui, il faudrait plutôt prévoir dix-huit mois, dit Yossef.

– On ne peut pas rester au palais présidentiel pendant dix-huit mois, dit alors Tania.

– Non, répondit Yossef. Mais dix-huit mois en Chine ou au Vatican ne sont pas des solutions plus acceptables. Il faut être ici, en Tunisie, où nos fêtes doivent avoir lieu, notre mission se continuer.

– Pourquoi ne pas en parler ouvertement avec Zine Chikri ? demanda Bernard. Il y a des villas dans le complexe du palais, des résidences inutilisées.

– C'est ce que je vais faire, répondit Yossef.

Finalement, le président Bénazi proposa au parlement tunisien que l'Agneau lumineux de Dieu soit temporairement relogé dans deux des villas du complexe présidentiel aux frais de l'état, et ce pendant le temps que prendrait la reconstruction de la résidence d'Oued Ellil. Cette proposition fut acceptée, ce qui solutionnait un problème que Tania redoutait depuis les attentats dont elle avait été victime. Le complexe présidentiel était sous surveillance militaire continuelle, et elle s'y sentait en sécurité.

Quelques semaines plus tard, Yossef, Tania et Robert Ali emménageaient dans une petite villa située tout près du palais présidentiel. Bernard, Ahmed ben Salem et son épouse de même que Samir Haddad et son épouse occupaient une deuxième villa, extrêmement grande et luxueuse, dans laquelle des bureaux de travail furent emménagés au sous-sol, et où des ordinateurs permirent de reprendre contact avec le monde extérieur. Cette villa avait la particularité d'être divisée en petits appartements afin d'accommoder des personnes mariées tout en profitant de cuisines communes et de salons où tous pouvaient se réunir au besoin. Des aides domestiques s'occupaient des cuisines et de l'entretien, et des automobiles, escortées ou non, pouvaient être utilisées.

Puis vint la fête du solstice d'été. Ahmed avait réussi à colmater les brèches que l'attentat avait creusées au niveau du personnel et du matériel relié à cette fête. Ce fut un succès. Elle dura deux jours, durant lesquels Tania remplit son rôle en s'exposant aux milliers de visiteurs venus de partout pour y assister. Comme elle se célébrait peu de temps après l'attentat, qui avait détruit la résidence, elle fut abondamment couverte par les médias et Yossef autant que Bernard commentèrent les derniers événements lors d'entrevues.

La fête venait de se terminer lorsqu'on apprit par la télévision que le pape Robert 1er se rendait à Constantinople où une rencontre devait avoir lieu avec les patriarches de Moscou, d'Alexandrie et bien sûr de Constantinople, lesquels dirigeaient trois des principales églises orthodoxes chrétiennes.

Chapitre 24

La visite de Robert 1ᵉʳ à Constantinople s'était décidée en quelques jours seulement. Il avait d'abord reçu une lettre du patriarche de Moscou le mettant en garde contre l'adoption de changements trop rapides pour la communauté des fidèles, avec comme corollaire un désintéressement progressif de ceux-ci face à ce qu'il qualifiait de nouvel accroc aux traditions d'origine de l'Église. Il mentionnait d'ailleurs à titre d'exemples les décisions passées qui avaient éloigné l'Église de Rome de la communauté orthodoxe, depuis l'époque de Charlemagne où un froid s'était produit, puis au moment des croisades, et à plusieurs autres occasions par la suite.

Robert 1ᵉʳ avait immédiatement appelé le patriarche et essayé de discuter de la situation de l'Église de Rome, mais ce fut peine perdue. Finalement, il proposa de se rendre en personne rencontrer les principaux patriarches des églises des sept conciles, soit des églises orthodoxes. La visite à Constantinople eut lieu à peine trois semaines plus tard.

‡ ‡ ‡

Le pape se présenta à Constantinople accompagné de quelques personnes seulement, dont le cardinal d'Albini, lequel n'était pas sorti de Rome depuis trop longtemps. Ils furent accueillis à l'aéroport et pompeusement amenés à l'église Saint-Georges, dans le quartier du Phanar, où devait se tenir la rencontre. C'était la mi-été et il faisait extrêmement chaud. Il n'y avait eu que quelques curieux à l'aéroport, dont quelques photographes, et il n'y en avait aucun sur le trajet jusqu'à l'église Saint-Georges.

Dès son arrivée à l'église, la délégation de Rome fit scandale. Le pape et son complet blanc de même que les cardinaux en complet noir détonnaient devant l'ancien costume byzantin que portaient encore les patriarches, barbus, hautains dans leurs certitudes. Les échanges commencèrent avec lenteur, chaque patriarche prenant le temps d'exposer les caractéristiques principales des églises qu'ils dirigeaient, réitérant leur foi envers les enseignements fondamentaux de l'église originelle et leur devoir de maintenir ces traditions.

Vint alors le tour de Robert 1ᵉʳ, lequel avait patiemment écouté jusque là.

– Je voudrais d'abord remercier Sa Sainteté Basile III de nous recevoir ici, chez lui. Ainsi que vous tous qui êtes présents. Voilà. Permettez-moi maintenant de vous exposer ce qui se passe en occident afin que nous soyons tous au courant de l'importance des événements que nous vivons.

Le pape prit alors trente minutes pour tracer un portrait vivant de l'émergence de l'Agneau lumineux de Dieu, de l'impact de Tania Fixx sur le mouvement, de la propagation du *Petit Livre* et finalement des abjurations massives qui se faisaient à travers toute l'Europe, l'Afrique et l'Amérique.

– Voilà où nous en sommes, conclua-t-il.

– Nous étions parfaitement au courant de ces événements, répliqua alors un des patriarches.

– Je m'en doutais bien, répondit le pape. Mais après avoir tenté de bloquer l'Agneau lumineux de Dieu, ce qui est maintenant impossible, nous avons réfléchi et réalisé que le problème était plutôt du côté de l'Église. Une telle désaffection ne peut que signaler un manque de crédibilité, ou de réalisme. Et nous avons entrepris de corriger cette situation.

Robert 1ᵉʳ énuméra ensuite, point par point, les éléments qu'il estimait devoir changer, rajeunir, voire abandonner au besoin. On le laissa parler par courtoisie, mais il était palpable que certains des changements prévus étaient mal vus des patriarches. Lorsqu'il eut terminé, Basile III prit la parole.

> – Les corrections concernant le mariage des prêtres, l'infaillibilité supposée du pape et son rôle restreint à titre de chef temporel seulement de l'Église sont en somme un retour vers l'orthodoxie telle que nous la concevons. Mais votre proposition de réviser certains des dogmes fondamentaux de la chrétienté est une erreur. Nous ne pouvons y souscrire.

Robert 1er essaya d'expliquer que des idées conçues deux mille ans auparavant n'avaient peut-être plus le même effet aujourd'hui, que la science avait expliqué des phénomènes autrefois jugés incompréhensibles et miraculeux, bref, rien n'y fit. Deux heures plus tard, il n'y avait pas plus de rapprochement qu'avant son arrivée, et il constata que c'était peine perdue.

On ajourna donc la rencontre jusqu'au lendemain matin, où elle devait se poursuivre tout l'avant-midi.

À la reprise, Robert 1er changea de tactique. Il leur demanda conseil. Les trois patriarches affirmèrent alors longuement le devoir de maintenir l'Église dans le chemin que le Christ avait tracé, de ne pas faire dévier son enseignement et que les dogmes originaux étaient basés sur des révélations divines. Robert 1er lança alors une bombe.

> – Sommes-nous vraiment certains que le Christ, s'il a vraiment vécu la vie qu'on lui attribue, a réellement dit ce qu'on rapporte ? Car les évangiles que nous connaissons, ce sont des documents tardifs, épurés, vous le savez bien. La plupart des témoignages originaux ont disparu. Détruits à l'époque où le christianisme devint la religion officielle de l'empire romain.

On le regarda avec hauteur. Finalement, Basile III répondit :

> – Et même si c'était vrai, qu'est-ce que cela changerait ? La foi chrétienne a réussi à se maintenir jusqu'à maintenant et elle continuera à se maintenir. Avec notre aide.

Robert 1ᵉʳ ne dit rien pendant un long moment. Puis il répondit, d'une voix douce.

– À moins évidemment que vos fidèles décident de vous abandonner pour se rallier à quelque chose de plus substantiel, de plus moderne, de plus réel.

– Nous vivons aussi ce que vous vivez, répondit un des patriarches. Mais notre conduite est de garder le cap dans la tourmente.

– Et si la tourmente vous emporte ?

– Alors ce sera la volonté de Dieu.

Le pape baissa la tête et ne répondit pas. Le cardinal d'Albini lui souffla quelque chose à l'oreille, mais il ne réagit pas. Finalement, il répliqua.

– Je crois que c'est à nous de prendre les mesures que commandent les événements, et en tant que chef d'une communauté temporelle et spirituelle dont le but est d'aider ceux qui ont besoin d'aide, je crois avoir le devoir d'évoluer au même rythme que ma communauté afin de ne pas représenter un fardeau pour elle ou un empêchement à se réaliser.

Il n'y eut pas de commentaires.

Après un moment, le pape se leva et prit respectueusement congé, remerciant les patriarches d'avoir bien voulu l'écouter.

Il prit l'avion pour Rome l'après-midi même. Sa tentative de rallier les églises orthodoxes avait lamentablement échoué et il n'avait ni le temps ni les ressources pour les convaincre de modifier leur approche et s'en faire des alliés capables de faire avancer les choses plus vite.

*   *   *

Durant la même matinée, le cardinal Gordini rencontrait un émissaire important. C'était un membre du gouvernement de la république islamique d'Iran, un des vingt-deux ministres du parlement. Il s'appelait Muhammad Elbarah et était à la solde du Vatican depuis plusieurs années. Cela lui permettait de vivre plus douillettement que ses fonctions ne le lui auraient permis. Il était officiellement en vacances avec son épouse à Rome, laquelle était restée à la chambre pendant que Gordini et Elbarah prenaient un café ensemble au bistro de l'hôtel où ils séjournaient. Pietro Gordini l'avait fait venir afin de se renseigner sur ce qui se tramait à Téhéran concernant l'Agneau lumineux de Dieu. Elbarah avait d'abord hésité, puis devant la promesse d'une rétribution spéciale, avait fait les démarches et obtenu les permissions requises afin de pouvoir visiter l'Italie.

Ils étaient ensemble depuis une quinzaine de minutes quand Gordini aborda le sujet de leur rencontre.

– Vous êtes sans doute familier avec l'Agneau lumineux de Dieu ?

– Un peu. J'ai d'ailleurs eu le privilège de rencontrer madame Fixx il y a quelques années, lorsqu'elle visita Téhéran.

– C'est vrai, j'avais oublié cette visite. Comment réagit votre gouvernement face à ce mouvement ?

– Officiellement, de façon neutre. Le président en réfère évidemment au Guide de la révolution, qui détient le pouvoir suprême, vous le savez, lequel prône l'inaction. Officiellement, je dis bien.

– Et officieusement ? demanda Gordini.

– Il y a une faction composée de Gardiens de la révolution, une partie plus... religieuse, disons, de nos forces armées, qui a pour mission de détruire l'Agneau lumineux de Dieu.

– Vous êtes certain de ce que vous avancez ?

– Absolument. Tous les attentats perpétrés contre l'Agneau lumineux de Dieu ont été organisés ou financés par cette faction.

– Ah ! Et... de qui ou comment obtiennent-ils leurs informations ?

– Au début, d'un membre qui a infiltré leur mouvement et qui n'est plus là. Mais maintenant, d'un certain Dayan, qui appartient au mouvement, ou à une de ses branches je crois.

– Mahmoud Dayan ?

– Oui, c'est ça. Vous le connaissez ?

– Non, mentit Gordini. Mais il fait partie de l'Agneau respectueux de Dieu je crois, une branche détachée du mouvement originel, qui a sa base au Caire, en Égypte.

Le cardinal prit une gorgée de café et reposa lentement sa tasse sur la table.

– Y a-t'il d'autres attentats prévus à votre connaissance ?

– Je ne sais pas. Mais on dit que madame Fixx et les dirigeants de l'Agneau lumineux de Dieu qui ont survécu aux roquettes lancées sur Oued Ellil se sont réfugiés à Tunis, chez le président. Est-ce vrai ?

– Apparemment, oui. Y a-t'il d'autres éléments importants, monsieur Elbarah ?

– Non, je ne crois pas. C'est tout.

Pietro Gordini sortit une enveloppe de la poche de son veston et la remit à Elbarah. Elle contenait l'équivalent de dix mille dollars en devises iraniennes.

– Voilà pour vous, dit-il en tendant l'enveloppe et se levant. Je vous remercie de votre aide et vous souhaite un bon séjour en Italie.

Ils se serrèrent la main et Pietro Gordini quitta l'hôtel.

Chapitre 25

Robert 1er était revenu au Vatican. Dès le retour du cardinal d'Albini, Pietro Gordini avait demandé à le rencontrer. Il voulait le mettre au courant de sa rencontre avec le ministre iranien et clarifier l'attitude du Vatican envers l'ARD.

Ils étaient tous deux face-à-face dans le bureau du cardinal d'Albini et Pietro Gordini avait amorcé son rapport.

– Bien qu'officiellement le gouvernement iranien ne manifeste aucun intérêt envers l'Agneau lumineux de Dieu et madame Fixx, une faction militante plus orthodoxe cherche ouvertement à détruire le mouvement et à faire disparaître madame Fixx.

– On a identifié cette faction ? demanda d'Albini.

– Elle semble composée de militaires. Une armée à l'intérieur de l'armée, en quelque sorte.

– Ont-ils des informateurs ?

– Mahmoud Dayan, de la branche égyptienne de l'Agneau lumineux de Dieu.

– Vous m'avez déjà parlé de cette personne, je crois, dit le cardinal d'Albini.

– Effectivement, monseigneur. C'est aussi notre informateur. Il a coordonné la fin de l'agneau, enfin sa mort, si vous vous souvenez bien.

– Vaguement... Vous avez toujours confiance en lui ?

– Je ne savais pas qu'il jouait double jeu.

D'Albini se leva et se mit à marcher dans la pièce, comme il le faisait toujours quand il réfléchissait et devait prendre des décisions importantes.

– Le Saint-Père a entrepris un mouvement de rapprochement avec l'Agneau lumineux de Dieu qui, s'il fonctionne, et il fonctionnera, scellera la reprise en main de l'Église. En somme, l'Agneau lumineux de Dieu et madame Fixx sont maintenant des pièces importantes de notre jeu. Il faut s'assurer de les avoir en main. Il faut les conserver.

Le cardinal Gordini écoutait.

– Si Téhéran se sert de ce Mahmoud Dayan, son mouvement doit aussi les intéresser. Vous avez appris quelque chose à ce sujet ?

– Non, monseigneur. L'ARD, c'est l'Agneau respectueux de Dieu, si vous vous rappelez. Il est par contre assez proche des pratiques classiques de l'Islam. Peut-être ont-ils des visées sur ce mouvement.

– Probablement, reprit d'Albini. Sans cet ARD, sans ce Mahmoud Dayan, Téhéran serait-il en mesure de nuire à l'Agneau lumineux de Dieu ?

– Je ne puis vous en assurer, mais il est certain que ce serait beaucoup plus difficile.

– Alors il faut se débarrasser de cet ARD et de ce Mahmoud Dayan, conclut le cardinal d'Albini en se rassoyant.

– Rapidement ? demanda Gordini sans sourciller.

– Oui. Le plus vite serait le mieux. Il faut battre le fer pendant qu'il est chaud. Et surtout permettre au Saint-Père de réaliser ses objectifs. Ils sont grandioses, croyez-moi.

Pietro Gordini esquissa un petit sourire devant l'emphase que mettait le cardinal d'Albini sur les visées du pape, le renouveau de l'Église. Il se rappelait le même d'Albini du temps où il était chargé du Conseil pontifical Justice et Paix et songeait qu'il n'avait pas changé. L'intrigue était sa spécialité, et il y excellait.

– Ce sera fait, dit-il simplement.

– Ce n'est pas tout, continua le cardinal d'Albini.

Gordini, qui s'était levé, se rassit et attendit la suite.

– Il faudrait aussi avertir Téhéran de cesser ses démarches contre l'Agneau lumineux de Dieu. Comme ce ne sont pas des démarches officielles, on ne peut donc pas procéder de façon... ouverte, si vous me comprenez. Nous devons donc trouver une approche nous permettant de leur faire comprendre notre position sans l'expliquer ouvertement. Une approche... diplomatique, indirecte tout au moins. Mais claire.

Gordini écoutait toujours, mais d'Albini s'était tu.

– Un message du Vatican, de nature politique, monseigneur ? demanda-t-il enfin.

– Oui. Si vous voulez. Un message religieux, aussi... peut-être.

Gordini crut comprendre ce que le cardinal d'Albini essayait d'exprimer. Il ajouta.

– Laissez-moi trouver la bonne façon de nous y prendre.

Puis il se leva, salua d'Albini et quitta la pièce.

§ § §

Exactement trois semaines plus tard, à l'occasion d'une petite prière du vendredi de l'ARD, Omar Ahjedin, Mahmoud Dayan et trois de leurs assistants furent froidement assassinés.

Ils se réunissaient toujours dans le même local, un sous-sol d'école, et leur cérémonie venait à peine de débuter. Il y avait une centaine de personnes présentes, dont quelques membres potentiels, lesquels étaient parrainés par des membres déjà reconnus par l'ARD. Ces nouveaux adeptes étaient officiellement présentés tous ensemble à Omar et Mahmoud au début de chaque rencontre afin qu'ils les accueillent de façon plus solennelle et qu'ils puissent participer à la cérémonie. Omar et Mahmoud leur assignait alors un instructeur, habituellement celui qui les parrainait, afin de les conseiller dans leur démarche.

Il y avait cinq nouveaux membres potentiels ce vendredi-là. Accompagnés de leurs parrains, ils s'avançaient vers Omar et Mahmoud, lesquels étaient entourés de trois assistants. Au moment où ils arrivaient devant eux, trois de ces aspirants sortirent des révolvers de leurs poches et firent feu à bout portant sur Omar, Mahmoud et les trois assistants, qui s'écroulèrent, atteints à la tête. Puis, calmement, les trois tueurs remirent leurs armes dans leurs poches et se dirigèrent rapidement vers la sortie de l'immeuble. Le tout avait pris vingt secondes, et la petite foule, sous le choc, n'eut pas le temps de réagir, regardant les assassins partir sans oser leur barrer la route.

Comme l'ARD était encore, dans l'esprit de plusieurs, une branche active de l'Agneau lumineux de Dieu, ce nouvel attentat fut abondamment commenté par les médias, lesquels y voyaient une nouvelle atteinte au mouvement. On mentionnait des liens possibles avec des factions extrémistes de l'Islam, sans aller trop loin car aucun groupuscule ou secte ne revendiquait cet attentat.

Une semaine plus tard, l'ambassade d'Iran à Rome recevait une lettre du Vatican signée par le cardinal Pietro Gordini, du Conseil pontifical Justice et Paix. Elle se lisait ainsi :

᳐ ᳐ ᳐

Monsieur l'ambassadeur,
Nous avons pris connaissance dernièrement des événements malheureux qui ont affligé les dirigeants et membres du mouvement appelé l'Agneau lumineux de Dieu, un mouvement à caractère spirituel dont une des porte-parole est madame Tania Fixx, que nous considérons dotée de pouvoirs qui ne sont pas de ce monde et que nous plaçons au-dessus de toute allégeance religieuse.

Or, nos informations nous portent à croire que ces incidents sont directement ou indirectement d'origine iranienne, ce que nous savons être contraire aux principes mêmes de votre gouvernement. Nous vous serions donc très obligés de nous rassurer quant à la portée réelle des soupçons qui pèsent sur les auteurs de ces attentats et des mesures que vous entendez prendre, s'il s'avérait que ces soupçons soient fondés.

Nous croyons que la nature même du mouvement appelé l'Agneau lumineux de Dieu transcende toute allégeance religieuse et que madame Tania Fixx représente un bienfait que le ciel, que ce soit le vôtre ou le nôtre, a bien voulu nous donner. Nous savons aussi que la simple possibilité qu'une faction religieuse, de quelque nature qu'elle soit, puisse contempler sa disparition constitue pour vous autant que pour nous une insulte qui ne saurait être tolérée.

Nous croyons que vous saurez agréer notre demande et vous prions d'accepter nos salutations les plus chaleureuses.

¿ ¿ ¿

Cette même semaine, le cardinal Pietro Gordini plaça un appel au Mentor de la CIA, aux États-Unis, qu'il avait rencontré quelques années auparavant. Il l'informa que des sources qu'il ne pouvait révéler avaient rapporté l'existence de pourparlers secrets entre la Chine et l'Iran concernant l'acquisition d'armes atomiques par le gouvernement iranien, payables sous forme de pétrole. Le Mentor se montrant sceptique, le cardinal Gordini lui fit part de quelques informations supplémentaires sur certaines personnes à Téhéran qui semblèrent impressionner le Mentor, lequel lui promit de donner suite à cette conversation et le remercia.

Chapitre 26

Bien installés dans leur villa du complexe présidentiel, Yossef et Tania avaient rapidement repris une routine de vie normale, relativement semblable à celle du temps de la résidence d'Oued Ellil, mais sans les visites fréquentes des malades. Comme le complexe présidentiel était sous garde armée en tout temps et que les modalités d'accès étaient strictement contrôlées, recevoir des malades était hors de question, et l'Agneau lumineux de Dieu refusait d'exposer Tania à d'éventuels agresseurs en effectuant des visites à l'extérieur du complexe.

On avait par contre mis une emphase assez exceptionnelle sur la fête du solstice d'automne qui venait de se dérouler à Oued Ellil et en Amérique, car Yossef et Bernard étaient retournés à Chicago. Ahmed et Tania s'étaient concentrés sur Oued Ellil, où pendant trois jours, Tania s'exposa aux visiteurs, quelquefois avec Robert Ali, qui aimait voir tous ces gens et jouait calmement à ses pieds. Yossef rapporta qu'à Chicago, où une seule journée avait été consacrée à la fête, les gens s'étaient spontanément mis à entonner en chœur plusieurs passages du *Petit Livre* dès qu'il commença à le lire, en se tenant les uns les autres par la main, ce qui avait créé une atmosphère de profonde communion entre eux.

Quelques jours plus tard, en début octobre, les médias rapportèrent que le premier ministre de Chine effectuait une visite éclair à Washington où il devait rencontrer le président des États-Unis. Tous se perdaient en conjectures sur la raison exacte de cette visite surprise et sur la nature des discussions qui devaient avoir lieu. On avança que la Chine faisait peut-être face à des problèmes économiques internes inconnus et qu'ils avaient besoin du soutien des États-Unis, ou encore qu'une menace quelconque s'était manifestée et que le président chinois avait jugé opportun de s'en ouvrir aux autorités américaines. Mais en réalité, on ne savait pas ce qui se passait.

Les pourparlers se tinrent à huis clos dans le bureau ovale de la Maison blanche et durèrent plus de trois heures. Aucun communiqué ne fut émis lorsque le premier ministre de Chine quitta la rencontre pour immédiatement s'envoler vers une destination non spécifiée, probablement son pays. On mentionna seulement qu'il s'agissait d'une situation importante, mais sans danger, ne mettant en jeu ni la sécurité des États-Unis, ni ses relations avec la Chine, et que des informations supplémentaires seraient fournies dès que la situation le permettrait.

À peine deux semaines plus tard, le secrétaire d'état américain, monsieur Baxter Davis, obtenait une audience privée avec Robert 1er, à Rome. Homme d'une prestance impressionnante et d'un charisme exceptionnel, Baxter Davis avait grandi dans une famille établie en Caroline du sud dont les parents avaient été marqués par les violences perpétrées contre certains membres de leur famille et généralement contre les gens de race noire à l'époque.

L'audience avait lieu dans les bureaux du pape, lesquels jouxtaient ceux de la secrétairerie d'État du Vatican. Baxter Davis était accompagné d'une jeune femme, une secrétaire, et après avoir franchi quelques postes de sécurité, il fut immédiatement conduit au palais épiscopal et introduit auprès de Robert 1er. Prévenu, ce dernier l'attendait, seul.

— Bonjour monsieur Davis, dit-il en lui tendant la main, c'est un plaisir de vous rencontrer.

Baxter Davis s'avança et lui serra la main, sans dire un mot. Sa secrétaire se tenait un peu à l'arrière, un porte-document à la main.

Le pape s'avança alors vers elle et lui tendit aussi la main.

— Il me fait plaisir de vous rencontrer, madame.

— Je vous présente ma secrétaire, Linda Johnson, dit alors Davis.

Robert 1er les invita à s'asseoir dans des fauteuils placés autour d'une petite table basse sur laquelle était déposé de l'eau et des verres.

– Vous n'êtes pas de religion catholique, je crois ? demanda le pape tout en s'assoyant.

– Non, protestant, répondit Davis. Mais vous savez sûrement que nous suivons tous les nombreuses démarches que vous avez entreprises depuis quelque temps.

– À écouter ce qu'en disent les médias, je crois bien être devenu une sorte de star internationale ! dit le pape en riant.

– C'est vrai. Ce que vous essayez de réaliser est tout à fait extraordinaire et nous ne pouvons qu'admirer votre courage et votre détermination.

– Bah, n'allons quand même pas trop loin, dit le pape. C'est un bon coup de barre, j'en conviens, mais se reprendre en main n'est pas si difficile. Il faut savoir reconnaître ses erreurs, et c'est surtout cela qui fait peur. Votre demande mentionnait un problème urgent que vous vouliez discuter, je crois ?

– Oui, dit Davis. Vous êtes sans doute au courant que le premier ministre de Chine a récemment rencontré le président des États-Unis.

– Très peu d'informations nous sont parvenues concernant cette rencontre, répondit le pape.

– C'était voulu. Nous avions appris que le gouvernement chinois entretenait des pourparlers avec l'Iran concernant la vente d'armes atomiques en échange de pétrole. Nos services diplomatiques s'en sont immédiatement ouverts au gouvernement chinois qui a littéralement paniqué.

– Paniqué ? demanda le pape.

– C'est un mot peut-être un peu fort, mais leur réaction a été très vive et instantanée. Ils ont bien sûr nié toute démarche de cette nature avec l'Iran et peu de temps après, le premier ministre chinois a lui-même appelé notre président pour demander à le rencontrer. Je ne crois pas qu'un tel appel se soit fait dans le passé, le gouvernement chinois s'étant toujours montré très empreint de formalisme dans ses démarches. C'est une première.

Robert 1er ne fit pas de commentaire, attendant la suite.

— Leur rencontre a donné lieu à des échanges assez particuliers, reprit Baxter Davis. D'abord polis, puis finalement cordiaux et très ouverts. Cela nous a surpris. Le premier ministre chinois a beaucoup insisté sur la provenance des informations que possédaient les États-Unis concernant les supposées ventes d'armes à l'Iran.

— Vraiment ? constata le pape qui se demandait où tout cela menait.

— Oui, et c'est la raison pour laquelle j'ai demandé à vous rencontrer.

— Nous sommes mêlés à cette situation ? dit le pape.

— Voici ce que nous savons, reprit Baxter Davis. Un peu après votre retour de Constantinople, nos services secrets ont reçu un appel les avisant que le Vatican possédait des informations concernant les pourparlers en question entre la Chine et l'Iran.

— Vous connaissez la source de cet appel du Vatican ?

— Oui, il s'est nommé, il s'agit du cardinal Pietro Gordini, du Conseil pontifical Justice et Paix.

Le pape baissa la tête sans dire un mot puis demanda.

— Avez-vous d'autres détails concernant cet appel ? À qui était-il destiné chez vous ?

— À un dirigeant de la CIA, dont le nom de code est le Mentor. Selon ce dernier, le cardinal Pietro Gordini l'a contacté à quelques reprises dans le passé concernant madame Tania Fixx, anciennement du Trust Tania Fixx, que la CIA observait et essayait de protéger. Selon le Mentor...

Baxter Davis prit alors une quinzaine de minutes pour raconter en détail les implications de Pietro Gordini et du Vatican dans toute l'histoire du Trust Tania Fixx, depuis l'enlèvement de Tania et sa détention en Colombie jusqu'à très récemment.

Lorsqu'il eut terminé, le pape resta silencieux. Il se servit un verre d'eau, en prit quelques gorgées, déposa son verre sur la table, et s'avançant sur son siège pour se rapprocher un peu de Baxter Davis, lui demanda.

– Avez-vous aussi eu des contacts avec l'Iran ?

– Non. Nous n'avons pas jugé à propos d'entreprendre quoi que ce soit avant de vous avoir rencontré. Suite à la rencontre avec le premier ministre chinois, nous voulons maintenant nous assurer de la provenance d'une telle information et, surtout, de sa véracité, ou du moins des détails que semble posséder le cardinal Gordini pour décider de s'en ouvrir à nos services secrets.

– Je comprends votre position, dit le pape. Que suggérez-vous que nous fassions ?

– D'abord, vous assurer de la provenance de l'appel au Mentor. Si c'est bien le cardinal Gordini qui a placé l'appel, permettez-nous de lui parler, ou renseignez-nous sur les raisons qui l'ont amené à placer un tel appel. Il s'agit d'une situation délicate, potentiellement dangereuse, vous le réalisez.

– Je vais faire mieux que cela, dit le pape. Pouvez-vous revenir demain après-midi ? Je vais demander à mon secrétaire d'État, le cardinal d'Albini, de prendre immédiatement ce dossier en main. Soyez à son bureau à quinze heures. Il vous recevra. Et je l'aurai mis au courant de cette situation.

※ ※ ※

Le lendemain, Baxter Davis se présenta au palais épiscopal à l'heure dite. Un garde suisse le dirigea vers le bureau du secrétaire d'État, lequel, nota Davis, était situé à côté de celui de Robert 1er. Il fut immédiatement introduit auprès du cardinal d'Albini, qui l'accueillit d'une poignée de main et lui dit.

– Merci d'être revenu, monsieur Davis. Le Saint-Père m'a informé de votre entretien d'hier et m'a prié de clarifier cette situation. Je vous présente d'ailleurs le cardinal Pietro Gordini, du Conseil pontifical Justice et Paix.

Davis fut frappé par l'apparente jeunesse du cardinal Gordini, qu'il ne s'attendait pas du tout à rencontrer. Il lui serra la main puis s'assit sur le fauteuil que lui indiquait le cardinal d'Albini.

Après quelques échanges anodins sur la température et la beauté du Vatican et de Rome, d'Albini aborda l'objet réel de la rencontre.

– J'ai pris sur moi de mettre le cardinal Gordini au courant de votre démarche, monsieur Davis. Je crois que le mieux serait que vous le questionniez vous-même sur le sujet qui vous tracasse.

– Je vous remercie, monseigneur, répondit Davis.

Puis, se tournant vers Gordini :

– Veuillez croire monseigneur que mon but n'est pas de chercher à vous incriminer dans une histoire concernant nos services secrets, mais votre nom a été mentionné comme une source de renseignement qu'utiliseraient nos services d'espionnage.

Gordini était assis juste en face de Davis de sorte qu'il lui était facile de bien observer ses réactions. Pietro Gordini se contenta de sourire, et attendit, calmement.

– Vous êtes en contact avec le Mentor ? demanda Davis.

– J'ai eu à le contacter à quelques reprises, en effet, monsieur.

– Puis-je savoir à quel sujet ?

– Principalement en relation avec le Trust Tania Fixx, et madame Fixx, évidemment. Nous avons été en mesure de lui venir en aide lors de sa captivité en Colombie. À l'époque, le garde du corps de madame Fixx était Amir Sharouf, un agent de la CIA, et c'est à travers lui que nous sommes entrés en contact avec le Mentor.

– Oui, on m'a informé de cet épisode, dit Davis. Je suis au courant de votre intervention, de vos interventions devrais-je dire. Mais dernièrement, vous avez repris contact avec le Mentor je crois.

– Effectivement, répondit Gordini.

– Puis-je savoir pour quel motif ?

– Pour l'informer de ce que nos propres services venaient d'apprendre concernant l'achat d'armes par l'Iran.

– Vos propres services ?

– Oui, monsieur Davis. Comme vous, nous avons des informateurs qui nous aident à mieux comprendre ce qui se passe ailleurs et à essayer d'aider, au besoin.

– Je vais vous demander d'être très précis, monseigneur Gordini, dit Davis. Il s'agit d'une situation qui pourrait rapidement dégénérer en querelle inutile, ce que nous aimerions éviter. Qu'avez-vous appris, au juste, et comment exactement l'avez-vous appris ?

– Nous avons un contact très haut placé en Iran, un membre du gouvernement. Nous soupçonnions que Téhéran était derrière les attentats qui ont récemment été perpétrés contre l'Agneau lumineux de Dieu, le mouvement dont madame Fixx fait maintenant partie, et je l'ai moi-même fait venir ici, à Rome, afin de l'interroger.

– Vous faites partie des services spéciaux du Vatican ?

— Oui et non, répondit Gordini. En tant que dirigeant du Conseil pontifical Justice et Paix, oui. Mais en tant que membre d'un service de contre-espionnage quelconque, pas du tout, monsieur Davis.

— Pouvez-vous identifier votre contact au sein du gouvernement iranien ?

— Non. Ou seulement à condition d'en être formellement autorisé par mes supérieurs.

— Et qui sont vos supérieurs ?

— Le cardinal d'Albini. Et le Saint-Père, évidemment.

Baxter Davis garda le silence un moment. D'Albini ne bougea pas, ne dit rien.

— Qu'avez-vous appris de votre contact ?

— Que Téhéran était réellement derrière les attentats dont j'ai parlé plus tôt.

— C'est tout ?

— C'est tout ce que nous recherchions, monsieur. Mais en bavardant avant de quitter la personne en question, il m'a candidement signalé que son premier ministre poursuivait toujours ses buts concernant le développement et l'acquisition d'armes nucléaires et que, justement, ils étaient proches de conclure un accord avec la Chine.

— Il vous a candidement dit cela ?

— Je l'ai questionné un peu, mais indirectement. Ce n'était pas le but de notre entretien.

— Et vous avez pris sur vous d'en avertir nos services d'espionnage ?

— J'ai jugé que cette information pourrait vous être utile, c'est tout. Et comme je savais comment rejoindre le Mentor, je l'ai fait moi-même.

– Êtes-vous certain de la véracité des informations qui vous ont été rapportées ? continua Davis.

– Pas du tout, répondit Gordini. Je ne puis authentifier quoi que ce soit, monsieur Davis, sauf ce qu'a bien voulu me dire notre contact. Et comme cela me semblait important, j'ai préféré en aviser votre gouvernement.

– Et ce contact, il a été fiable dans le passé ?

– Oui, monsieur. Du moins en ce qui concerne nos intérêts, qui sont surtout d'ordre religieux, vous le comprenez.

Davis voyait bien que Gordini maîtrisait parfaitement la situation concernant son implication potentielle dans une délicate question de pouvoir entre des états qui s'opposaient depuis longtemps et qu'il lui serait impossible d'en apprendre plus en continuant à le questionner.

– Je vous remercie, monseigneur, dit-il finalement. Vous m'avez été d'une aide précieuse.

– Puis-je être utile à autre chose ? demanda alors Gordini en s'adressant au cardinal d'Albini.

– Non, Pietro, lui répondit-il. Merci de vous être rendu disponible.

Gordini se leva et après avoir salué Baxter Davis, quitta le bureau du cardinal.

Baxter Davis sentait que quelque chose n'allait pas, mais il était incapable d'identifier ce dont il s'agissait. Finalement, il décida de s'en ouvrir au cardinal d'Albini.

– Il se peut, monseigneur, que le cardinal Gordini ait tout simplement mal mesuré l'impact des informations qu'il a transmises au Mentor. Mais pour dire vrai, ce n'est pas ce que je crois. Il y a quelque chose qui ne va pas mais je ne puis l'identifier.

– Vous croyez que le cardinal Gordini nous a menti ? demanda d'Albini.

– Ça n'a pas d'importance, répondit Davis. J'ai l'impression que
le Vatican agit pour des raisons autres que celles qui me sont
données, mais ce n'est qu'une impression.

D'Albini le regardait fixement, sans dire un mot.

– Bon, j'ai une rencontre à Rome et je dois malheureusement
vous quitter, dit Davis en se levant.

Il salua le cardinal, le remercia chaleureusement d'avoir bien voulu le
recevoir, puis prit congé.

Chapitre 27

Yossef s'éveillait toujours tôt le matin et prenait le temps de s'occuper un peu de Robert Ali, ce qui permettait à Tania de sommeiller un peu plus longtemps. Il avait pris le petit déjeuner avec son fils et comme il avait une journée assez chargée, il demanda à Robert Ali d'aller réveiller sa mère.

Il y avait une bonne dizaine de minutes qu'il était parti en trottinant et comme il n'entendait rien, Yossef se dirigea vers la chambre à coucher pour vérifier ce qui se passait. Robert Ali avait réussi à monter sur le lit et s'était tout simplement couché près de sa mère. Yossef s'approcha et secoua légèrement Tania.

– Allons, paresseuse, il faut se lever ! dit-il en riant.

Tania ne bougea pas. Immédiatement, Yossef réalisa ce qui se passait. Il prit la tête de Tania entre ses mains, puis dit doucement, pour ne pas effrayer le petit.

– Allons Tania, s'il te plaît, ne me joue pas encore ce sale tour !
Réveille-toi, parle-moi !

Tania respirait lentement, paisiblement, mais n'avait aucune conscience de ce qui se passait autour d'elle.

Yossef appela immédiatement Samir, lequel logeait dans la villa voisine. À peine cinq minutes plus tard, Bernard et Samir l'avaient rejoint à la villa. Samir examina rapidement Tania et constata qu'elle ne montrait aucun signe de défaillance, mais était inconsciente.

– J'appelle Boston immédiatement, dit Bernard. C'est la deuxième fois en quelques mois que ça se produit.

Yossef ne disait rien, promenant Robert Ali, pour s'occuper.

Son appel terminé, Bernard mit Samir et Yossef au courant de sa conversation.

– J'ai rejoint le docteur Dover, dit-il. Il nous conseille de transporter immédiatement Tania à l'hôpital militaire de Boston où elle sera soumise à des tests. Il craint une sorte d'épuisement, mais il ne peut évidemment se prononcer.

– Alors on la transporte à Boston, dit Yossef. Le plus tôt possible. Je vais demander à Ahmed et son épouse de prendre soin de Robert Ali pour quelque temps. Bernard, peux-tu organiser son transport ?

≀ ≀ ≀

Deux heures plus tard, une ambulance conduisait Tania à l'aéroport où l'attendait un avion nolisé. Yossef et Bernard l'accompagnaient, de même qu'Armen et un autre garde de sécurité. L'avion décolla finalement vers dix heures. Tania avait été installée sur une civière attachée aux sièges au fond de la cabine, en largeur.

Le temps était très beau et le vol se fit sans encombre. L'avion avait reçu permission de se poser directement à la base militaire, où il arriva peu après midi, heure locale. Le docteur Dover l'attendait et prit immédiatement en charge la suite des événements. Yossef, Bernard et les deux gardes de sécurité reçurent des laissez-passer qui leur permettaient d'accéder à la base militaire sans problèmes et après l'admission de Tania à l'hôpital, ils furent ramenés à Boston, où ils prirent des chambres à l'hôtel Radisson, au centre ville.

Yossef et Bernard retournèrent à l'hôpital le lendemain durant l'après-midi. Le docteur Dover les reçut et leur donna un compte-rendu rapide des premiers examens.

– Comme je m'y attendais, dit-il, elle ne montre aucun signe de défaillance. Tout semble normal, mais elle est inconsciente. C'est exactement la situation que nous avons vécue il y a quelques années.

– S'était-il produit un accident, un choc lors de sa première perte de conscience ? demanda Yossef.

– Non, répondit Dover. Du moins pas à notre connaissance. Elle avait apparemment perdu conscience au travail, sans raison.

– Y-a-t-il un pronostic quelconque concernant sa situation ? demanda encore Yossef.

– Malheureusement non. Nous sommes totalement dans l'inconnu, monsieur Al-Idrissi. Votre épouse est un cas mystérieux qu'il nous est impossible de comprendre. Les pouvoirs qu'elle possède sont apparus soudainement et nous apparaissent sans précédent dans l'histoire vérifiable de l'humanité. Nous ne savons rien de leur cause, de leur permanence ou des effets qu'ils peuvent produire sur votre épouse.

– Il n'y a donc rien à faire ? questionna Bernard.

– Nous allons bien sûr continuer nos tests et examens, reprit le docteur Dover, mais en toute sincérité, et basé sur ce que nous connaissons de madame Fixx, nous ne pouvons qu'attendre et espérer.

ξ ξ ξ

Baxter Davis ne perdait pas de temps. Deux jours après sa visite à Rome, il était à Dubaï. Depuis la fermeture de l'ambassade américaine à Téhéran plus de trente ans auparavant, Washington se servait de son ambassade à Dubaï et des contacts de la CIA afin d'organiser des rencontres non officielles avec des représentants de la République islamique. Et c'est ce qui avait été fait. Baxter Davis devait rencontrer le ministre des affaires étrangères d'Iran, en secret bien sûr, et la rencontre avait été organisée à l'hôtel Marriott, tout près de l'aéroport international, où résiderait Baxter Davis.

Le ministre des affaires étrangères se présenta accompagné de deux personnes à la suite de Baxter Davis à quinze heures, tel que prévu. Baxter était aussi accompagné de deux personnes, un agent de la CIA et sa secrétaire. Le ministre iranien était un homme dans la cinquantaine, petit, mince, les cheveux grisonnants, élégamment vêtu à l'occidentale. Il se présenta en tendant une carte de visite sur laquelle était inscrit son nom, Abdul Yarshater, et son poste, en arabe d'un côté et en anglais de l'autre. Baxter fit de même et tendit sa carte d'affaires. Les deux hommes échangèrent d'abord plaisamment sur Dubaï, ses hôtels de rêve, ses centres d'achats fabuleux. Baxter offrit un jus de fruit au ministre, qui déclina l'offre. Puis il en arriva à la raison de sa rencontre avec ce dernier.

– Nous avons été informés de tractations commerciales qui impliqueraient des achats d'armes ou de composantes nucléaires, monsieur Yarshater. Avec la Chine.

Puis il se tut et attendit.

Yarshater ne broncha pas et prit plusieurs secondes avant de dire.

– Vos agents vous ont mal renseigné, monsieur Davis.

– Pourtant, l'information ne vient pas de nos agents.

Yarshater le regardait calmement, sérieux et attentif.

– Elle vient de l'intérieur ?

– Effectivement. Elle nous a été transmise à la suite d'une révélation d'un de vos ministres.

– Nos relations avec la Chine n'impliquent aucun échange de matériel nucléaire. Les armements achetés se limitent à des composantes conventionnelles. Vous le savez déjà, monsieur.

– Toute cette question de matériel nucléaire est extrêmement sensible, vous le savez aussi, reprit Davis. Et l'intransigeance de votre gouvernement devant les demandes répétées d'inspection et de contrôle par les autorités reconnues à cet effet vous porte préjudice.

Yarshater ne répondit pas.

— Nous avons facilement identifié la source de notre information et, à l'origine, elle provient bien d'un de vos ministres, dont je vous tairai le nom par respect pour votre gouvernement. Nous avons bien sûr immédiatement pris contact avec la Chine.

— Voilà donc la raison de la rencontre de votre président avec le premier ministre de Chine.

— Oui, continua Baxter. Devant l'importance et la gravité de l'information en jeu, ce dernier s'est déplacé pour clarifier cette déplorable situation.

Baxter Davis se tut, encore une fois.

— Vous savez donc que c'est une fausse information, dit alors Yarshater.

— Il n'y a jamais de fumée sans feu, monsieur, reprit Davis. Et les enjeux nucléaires sont trop lourds pour que nous nous permettions toute relâche dans nos contrôles de prolifération. Croyez-moi, je parle aussi au nom de nos alliés. Maintenant, ce que j'ai à vous dire est confidentiel et est destiné à vos supérieurs. Nous savons le rôle que jouent certains de vos militaires dans les attentats terroristes qui frappent un peu partout au nom de votre identité religieuse. Nous savons aussi que les efforts reliés au développement d'une force nucléaire sont réels. Alors portez bien attention : nous n'hésiterons pas à procéder à une mise hors d'état de nuire préventive si ces situations malheureuses ne sont pas corrigées. Il n'y aura pas d'autre avertissement.

Yarshater regardait Baxter Davis fixement, sans bouger, sans même cligner des yeux. Il garda le silence pendant une bonne minute.

– Je souhaiterais connaître la source de la fausse information dont vous vous servez pour en arriver à un tel ultimatum, dit-il enfin.

– Je suis certain que vous parviendrez facilement à l'identifier vous-même, répondit Davis.

Yarshatev se leva alors, et tendit la main à Davis.

– Je vous remercie de votre hospitalité, monsieur.

Baxter Davis se leva et lui serra la main.

– Merci de vous être déplacé.

⁝ ⁝ ⁝

Robert 1ᵉʳ ne perdait pas de temps non plus. Quelques jours après la rencontre de Baxter Davis avec les cardinaux d'Albini et Gordini, il demanda au cardinal d'Albini de lui préparer un compte-rendu complet de son implication dans l'affaire Tania Fixx.

Celui-ci lui fit alors un rapport décrivant en détail l'évolution de l'affaire Tania Fixx depuis ses débuts, des toutes premières démarches entreprises par Pietro Gordini jusqu'aux événements récents auxquels le pape lui-même avait participé. Ce dernier fut d'abord surpris de l'ampleur de cette implication et prit le temps de questionner longuement d'Albini sur plusieurs éléments.

– Comment avez-vous pris contact avec monsieur Samboni, de New-York ? lui demanda-t-il après avoir pris connaissance du rapport et l'avoir fait venir à son bureau.

– Je connais son frère aîné, Aldo, qui vit ici, à Rome. Nous nous connaissions enfants.

– C'est aussi un membre de la mafia ?

– Oh, vous savez, la mafia… je ne sais pas. C'est un commerçant.

– Le cardinal Gordini a-t-il été votre maître d'œuvre principal dans cette affaire ?

– Le seul, en fait. Pietro est une personne extrêmement habile, compétente et fiable.

– Avez-vous dû prendre des mesures… extraordinaires ?

– Il a fallu guider la main de Dieu à quelques reprises, malheureusement.

– Qui en donnait l'ordre ?

D'Albini voyait bien où cet interrogatoire menait, mais il n'avait ni peur de dire ce qu'il savait, ni crainte de se voir punir d'avoir agi ainsi.

– Il n'y avait pas besoin d'ordre direct. Les événements commandaient les décisions à prendre.

– Alors Gordini agissait seul ?

– Non. Je savais ce qui se passait.

– La Sainte Alliance a-t-elle été impliquée ?

– Oui.

– Comment ?

– Toujours de la même façon, Saint-Père. Sous le nom de Beppi Panetto. Le nom assigné à celui qui exécute les ordres. Dans ce cas-ci, c'était un moine entraîné aux arts martiaux. Nous l'avons perdu, malheureusement.

– Comment ?

– Les gardes du corps de Tania Fixx l'ont abattu lors de l'attentat du Cameroun.

– Vous étiez derrière cet attentat ?

– Nous devions faire échec à madame Fixx, Saint-Père. Le pape du temps y voyait une menace à la chrétienté.

– Quel a été votre dernière intervention ?

– Nous avons dû enrayer l'action de l'ARD, l'Agneau respectueux de Dieu, la secte réfractaire du Caire. Elle était en relation avec

Téhéran et cherchait à anéantir L'Agneau lumineux de Dieu ainsi que ses dirigeants.

– Enrayer l'action ?

– Ses dirigeants ont dû être éliminés, malheureusement.

Le pape regardait le cardinal froidement, sans sourciller.

– Êtes-vous sérieux, d'Albini ?

– Il fallait agir rapidement. Toute autre alternative aurait été trop lente.

– Avez-vous aussi été impliqué dans les assassinats qui ont précédé mon élection ?

– Impliqué n'est pas le bon mot, Saint-Père. L'Église ne peut disparaître et nous devions d'urgence prendre des mesures aptes à en garantir la pérennité.

Robert 1er ne répondit pas. Il savait que d'Albini agissait pour le bien de l'Église, et que ses façons de faire ne devaient pas être très différentes de ce qui avait pu se faire dans le passé. Son expérience des milieux syndicaux lui en avait d'ailleurs fait voir de toutes les couleurs et bien qu'offusqué de ces révélations, il les comprenait.

Ce qui ne voulait pas dire qu'il les approuvait.

Il remercia d'Albini pour sa franchise et le pria de garder confidentielle la conversation qu'ils venaient d'avoir.

Troisième partie

La lumière est blanche et pure. Elle se défait ensuite en couleurs selon la nature des choses qu'elle frappe.

Anonyme

Chapitre 28

Tania était à l'hôpital militaire de Boston depuis plus de trois mois. Aucun changement ne s'était produit. Bernard et les deux gardes de sécurité étaient retournés à Tunis quelques jours après l'hospitalisation. Yossef était resté à Boston pendant près d'un mois, puis, réalisant qu'il ne servait à rien d'être là, il retourna lui aussi à Tunis, ne revenant à Boston qu'aux deux semaines. Il acceptait mal cette épreuve et n'accomplissait que très difficilement les charges qui lui incombaient au sein de l'Agneau lumineux de Dieu. D'ailleurs, il en avait assigné plusieurs à Bernard ainsi qu'à Ahmed, et ne s'occupait plus maintenant que des interventions impliquant des discussions sur l'évolution du mouvement, les impacts du *Petit Livre* et les contacts avec les entités qu'il jugeait importantes, telles que le Vatican et Robert 1er, la Chine, le premier ministre tunisien ainsi que le ministre des affaires religieuses, son ami Zine Chikri.

Tout le travail qu'impliquait la reconstruction de la résidence d'Oued Ellil était sous la responsabilité d'Ahmed. De la même façon, toutes les tâches reliées à la tenue des fêtes à chacun des solstices et des équinoxes incombaient maintenant à Bernard, Ahmed et aussi, à un moindre degré, à Samir.

Les fêtes de l'hiver avaient eu lieu sans Tania. Celles du printemps, la fête de la lumière qui arrivait bientôt et celle du Qing Ming, en Chine, auraient aussi lieu sans elle. Deng Huopang avait d'ailleurs communiqué à quelques reprises avec Yossef, exprimant son regret devant les événements récents et lui offrant son support.

༃ ༃ ༃

Au Vatican, les choses avaient évolué. Le cardinal Pietro Gordini avait été muté à d'autres fonctions, et avait même quitté l'Italie pour l'Afrique du Sud. Robert 1er avait conservé le cardinal d'Albini à son poste de Secrétaire d'État, mais il lui avait adjoint un assistant, en fait un secrétaire-adjoint, et avait partagé les fonctions en conséquence. Il avait surtout eu un sérieux tête-à-tête avec d'Albini, et ce dernier en était ressorti non seulement ébranlé, mais surtout beaucoup plus collaboratif. Pour l'instant, le poste de directeur du Conseil Pontifical Justice et Paix, fonction qu'occupait Pietro Gordini, était vacant.

Fidèle à ses procédés, le pape avait entrepris des consultations importantes par voie électronique, utilisant l'Internet pour rejoindre les cardinaux et la vidéoconférence lorsqu'il le jugeait à propos. En quelques mois, il avait débattu plusieurs questions importantes concernant les fondements même du catholicisme romain, et déjà des pistes de renouvellement apparaissaient. Plusieurs des dogmes séparant l'Église de Rome des autres églises avaient été discutés, ainsi que bon nombre de ceux adoptés après les premiers siècles d'existence de l'Église et qui ne se rapportaient pas à l'enseignement de Jésus. Même la résurrection du Christ avait fait l'objet d'un débat portant sur la nature idéologique de cette résurrection plutôt que sur son interprétation purement physique, comme l'avait fait l'Église.

La fête de Pâques devant être célébrée sous peu, le pape décida de profiter de l'occasion pour annoncer au monde quelques-unes des nouvelles mesures ou des corrections que l'Église s'apprêtait à prendre. Il soumit donc à un vote final les modifications qu'il jugeait les plus propices à enrayer les vagues d'abjuration qui avaient toujours lieu, même si elles s'étaient considérablement ralenties. Elles furent toutes acceptées à une majorité écrasante, les seules voix de dissension provenant de cardinaux généralement plus âgés qui se sentaient délaissés par un mouvement progressant à une vitesse qu'ils avaient peine à suivre.

≀ ≀ ≀

Finalement, la fête de la lumière arriva, le vingt et un mars. Elle fut célébrée à Oued Ellil, à Chicago et à Mexico. Yossef fut présent à Oued Ellil et parla aux foules comme il le faisait habituellement, concentrant son intervention sur les préceptes du *Petit Livre*. Il parla bien sûr de Tania, de son coma, de sa confiance en son retour.

Bernard se chargea de la fête de Chicago et Ahmed de celle de Mexico, assisté par un religieux mexicain qui avait l'habitude des discours et qui avait rejoint l'Agneau lumineux de Dieu plusieurs mois auparavant.

Toutes les fêtes furent un succès. Il s'en dégageait un renouveau spirituel inhabituel, inaccessible dans la plupart des autres mouvements de nature similaire.

À Beijing comme partout en Chine, la fête du Qing Ming fut célébrée avec panache, sous les auspices des autorités chinoises. À chacune des célébrations, on récitait les préceptes enseignés selon une version réaménagée du *Petit Livre*, qu'on appelait d'ailleurs aussi du même nom. Les réaménagements consistaient en quelques éléments additionnels provenant de phrases célèbres attribuées à Mao Tsé Toung et de variations mineures sur les thèmes déjà existants. Partout on déplora la maladie de Tania Fixx, qui faisait presque figure de prophète, ou d'envoyée spéciale de l'au-delà.

La fête qui eut le plus d'impact fut celle de Pâques, célébrée à la basilique Saint-Pierre de Rome.

Le pape Robert 1er assista d'abord à l'office religieux dans la cathédrale. Il ne célébra pas cet office religieux, ce qui surprit beaucoup. À la fin de la cérémonie, une messe, il se dirigea vers un podium qui avait été érigé devant les fidèles, protégé par une barrière vitrée, comme on l'avait fait à Paris. Il portait son costume blanc, tel qu'il le faisait toujours. On avait abondamment annoncé que le pape ferait alors un discours important et des micros de même que des caméras de télévision encombraient l'espace sur et autour du podium.

La place Saint-Pierre était bondée et des haut-parleurs de même que des écrans géants avaient été installés. Heureusement, il faisait beau et chaud, Rome sentait le printemps.

Le pape monta rapidement les quelques marches du podium, puis prit immédiatement la parole, en italien.

– Mes chers amis, mes frères, mes sœurs, je vous remercie d'être ici en si grand nombre. Je vais devoir vous parler en anglais pour des raisons que vous connaissez tous. Par contre, ce que je vais vous dire sera disponible en plusieurs langues sur le site Internet du Saint-Siège dès la fin de mon entretien avec vous.

Il continua alors le reste de son allocution en anglais.

– Vous connaissez tous la crise profonde que vit présentement l'Église de Rome. Jamais dans l'histoire de notre religion, depuis au moins mille ans, avons-nous vécu des moments aussi importants. Et cette crise n'est pas due à une hérésie, loin de là. Elle est due à l'incapacité que nous avons démontrée à évoluer avec vous, à comprendre le monde dans lequel nous vivons aujourd'hui. Sous prétexte de maintenir une tradition émanant des enseignements du Christ, nous avons dénaturé cet enseignement, inventé des dogmes qui auraient fait fuir le Christ lui-même et essentiellement collaboré à notre propre perte. Pourquoi ? Je vous ai déjà expliqué pourquoi. Mes entretiens avec vous, ceux de Mexico, de Paris et d'autres endroits aussi, mes entretiens donc ont voulu être un partage, une reconnaissance des égarements passés. Et je crois bien que vous m'avez compris.

La foule se mit à applaudir et à siffler.

– Mais ce temps est maintenant passé. Il faut à présent reconstruire. Et j'ai décidé de reconstruire en me basant sur les fondations, les bases profondes de notre belle Église. Sur le Christ lui-même, sur ce qu'il a tenté de nous enseigner.

Le pape prit alors plusieurs minutes pour rappeler à tous les éléments clefs de la pensée du Christ, ou ce qu'il en subsistait à travers le peu de textes qui étaient accessibles. Il n'y avait pas de dogmes ou de préceptes complexes, seuls des éléments reliés au pardon, à l'amour du prochain, au partage, à l'accueil, au respect de la nature, de la vie. Puis il continua son exposé.

– Aujourd'hui, je voudrais poser les premières pierres d'un renouveau tant dogmatique que liturgique qui devrait nous remettre dans les pas du Christ et aussi dans l'esprit de notre monde contemporain. Je vais peut-être choquer certains d'entre vous, qui sont attachés aux préceptes de l'Église jusqu'à ce jour, et je m'en excuse. À ceux-là, je demande de réfléchir, et de tenter de comprendre. À tous les autres, j'ai espoir que vous saurez apprécier ce que l'Église essaie de réaliser afin de mieux accomplir sa mission.

Le pape marqua un court temps d'arrêt, puis il reprit son discours.

– Plusieurs des dogmes et préceptes ayant trait à la virginité de Marie, à la résurrection physique du Christ, à la présence réelle du corps et du sang du Christ dans l'hostie ont été contestés dans le passé. Plusieurs ont même soutenu que le Christ n'avait jamais proclamé qu'il était fils de Dieu, en tant que personne physique. Nous avons longuement débattu ces questions dernièrement et nous en sommes arrivés à un consensus. Effectivement, mes amis, mes frères, mes sœurs, il est impossible aujourd'hui de se rallier à de telles idées, de les prouver en tout cas, à moins d'exécuter une gymnastique philosophique dont l'Église n'a pas besoin. Donc, ces idées ne sont plus des dogmes. C'est-à-dire que personne n'est obligé d'y croire. Vous êtes libres de les accepter ou non. Que Marie ait été vierge ou non après la naissance de son fils est sans importance. Que le Christ ne soit pas physiquement ressuscité ne change rien à son enseignement. Que l'hostie soit un rappel d'un cérémonial de partage et de communion est aussi valable que toute autre croyance. Et que le Christ soit un homme comme vous et moi, qui croyait en l'au-delà, en un Père supérieur, ajoute encore plus à son message.

Le pape marqua un temps d'arrêt. La foule était totalement absorbée par ses paroles, accrochée à lui.

– Nous avons aussi examiné la nature de nos cérémonies et de nos célébrations. Nous avons constaté que loin d'être des occasions de célébration et de communion, ces dernières sont ennuyeuses, longues et généralement trop didactiques. On y célèbre la mort. Or, je veux qu'on y célèbre la vie ! Avant de mourir, le Christ a vécu, et il a vécu gaiement. Il a enrobé ses paroles de contes et de fables, à l'image de son temps. Nous allons essayer de nous en inspirer. Nous n'avons pas encore établi de formule finale, mais voici quelques grandes lignes. Les cérémonies ne devront pas excéder une trentaine de minutes. Une cérémonie sera un partage, et non un sermon. J'ai déjà dit que la confession était abolie, à moins de demande expresse, bien sûr. Voilà. Pour l'instant.

Le pape s'arrêta quelques secondes avant de continuer.

– Enfin, et ceci est très nouveau, certains changements affectent les représentants de notre Église. D'abord, les prêtres ne sont plus obligés d'observer le célibat. S'il le désire, un prêtre pourra toujours faire vœu de chasteté, mais il aura aussi le choix de se marier et d'avoir des enfants. Cette mesure est rétroactive, c'est-à-dire qu'elle s'applique à tout prêtre actuellement en fonction, car chaque prêtre devra renouveler les vœux de son choix avant la fin de l'année en cours. Nous n'avons pas encore étudié le cas des religieux appartenant à des confréries de moines ou celui des religieuses appartenant à des ordres féminins. Mais cela sera fait d'ici la fin de l'année en cours.

Encore une fois, le pape marqua un temps de silence. La foule ne bougeait pas, attentive.

— Je voudrais maintenant terminer en vous soumettant une demande. Nous avons tous appris le malheur qui frappe actuellement madame Tania Fixx, cette femme hors du commun dont la vie toute entière a été consacrée à la guérison des malades, malheur qui frappe aussi sa famille immédiate, son mari, son fils, ainsi que ses associés et tous les membres de l'Agneau lumineux de Dieu. Je vous demande donc de prier pour elle, pour eux tous. Peut-être comprendrons-nous mieux un jour la vraie nature de la lumière de Tania Fixx, et l'impact réel qu'elle aura eu sur nous. Merci mes amis, et à bientôt !

Chapitre 29

Une autre année venait de s'écouler. Tania était toujours dans le coma et l'hôpital militaire se bornait à la maintenir en vie. Aucune intervention, aucun examen n'avait été tenté. Yossef décida alors de la ramener à Oued Ellil. La nouvelle résidence avait été récemment inaugurée et l'Agneau lumineux de Dieu opérait depuis dans ses nouveaux quartiers généraux. En dernière minute, on avait fait aménager une chambre spéciale permettant de recevoir Tania et de la garder à Oued Ellil. Pourvue de tout le matériel médical nécessaire à son maintien, cette chambre était située à l'étage des appartements de Yossef et du petit Robert Ali. Yossef avait aussi embauché une jeune femme qui s'occupait de Robert Ali et logeait à la résidence.

Le transport se fit par avion nolisé, comme il se faisait toujours. Samir s'était rendu à l'hôpital militaire quelques jours auparavant pour recevoir l'information relative à Tania et être familiarisé à tout traitement auquel elle pourrait être soumise. Il n'y en avait pas, et son séjour se borna à quelques rencontres avec le docteur Dover. Il revint dans l'avion qui ramenait Tania, de même que Yossef et Armen, lequel était maintenant garde du corps de Yossef. Partis de Boston tôt en après-midi, ils arrivèrent à Tunis en pleine nuit. Tania fut alors transportée en ambulance jusqu'à Oued Ellil où on l'installa dans sa chambre.

Yossef craignait que la présence de Tania ait un impact négatif sur Robert Ali. Samir affirmait que ce ne serait pas le cas et que Robert Ali, après plus de quinze mois, avait probablement oublié sa mère. Ce fut le cas. On lui disait que Tania était sa maman qui s'était endormie pour très longtemps, et cela lui suffisait. Il l'avait oubliée.

Évidemment, les médias rapportèrent le transfert de Tania à Oued Ellil, ce qui provoqua un déluge d'appels et de demandes d'informations de toutes sortes, incluant des requêtes de malades qui désiraient profiter de l'aura de Tania. C'est alors que germa en Yossef l'idée d'exposer Tania aux malades. Elle était toujours merveilleusement lumineuse et semblait tout simplement dormir. Son aura irradiait encore les pouvoirs de guérison qui avaient marqué sa vie depuis son premier coma, survenu quelques années auparavant. Elle pouvait aussi facilement être débranchée de ses équipements de soutien pendant plusieurs heures, lesquels ne servaient d'ailleurs qu'à la nourrir.

Il en parla à Samir, Bernard et Ahmed.

– Effectivement, dit Samir, médicalement parlant, il n'y a aucun problème. Elle peut être exposée à l'air libre aussi bien dans une salle ou dans une chambre, avec ou sans équipement de soutien, car il ne sert qu'à l'alimenter et à la tenir hydratée. Cet équipement pourrait facilement être dissimulé dans une tête de lit aménagée à cet effet.

– Cela serait aussi en accord avec les intentions de Tania, laquelle a toujours voulu faire profiter le plus de gens possible de son don de guérison, ajouta Bernard.

– Alors voici ce que je suggère, dit Yossef. Commençons d'abord par des visites de quelques personnes à la fois ici même, à la résidence. Par exemple, une ou deux fois par semaine. Si tout va bien, nous pourrions passer à des visites de petits groupes au salon du rez-de-chaussée. Et enfin, s'il n'y a pas de problème, je suggère une exposition aux fêtes des solstices et des équinoxes, à Oued Ellil seulement, bien sûr.

– Il ne faudrait pas que cela ressemble à la visite d'un salon mortuaire, dit Bernard.

– Mais non, répondit Yossef. Je suis certain qu'il y a moyen de faire en sorte que son exposition reflète la vie et la lumière, pas la mort. Elle n'est pas morte, elle vit !

Tout se déroula tel que prévu. Quelques demandes provenant de malades locaux furent acceptées. On avait décoré la chambre de Tania comme un petit boudoir et son lit était entouré de bibliothèques et de petits meubles chargés de livres, de revues et de bibelots. La tête de lit avait été modifiée pour contenir les solutés qui la nourrissaient et on avait caché les tubulures sous les draps et dans les vêtements qu'elle portait. Elle était légèrement assise, un bras replié sur elle et l'autre allongé près de son corps. Elle rayonnait, et semblait dormir paisiblement, le souffle régulier, le pouls constant. La visite ne durait qu'une minute ou deux, l'intention étant de faire bénéficier le malade du rayonnement de Tania, ce qui s'accomplissait automatiquement dès que le malade se tenait près du lit.

Rapidement, un cérémonial se développa et le personnel fut formé pour accueillir les gens, leur parler, les amener près de Tania puis les reconduire à la porte. On put facilement accommoder les personnes en fauteuil roulant dès que les visites eurent lieu au salon du rez-de-chaussée, où on reproduisit à quelques détails près les décors de la chambre de Tania.

Dès qu'ils en furent informés, les médias rapportèrent ces faits. Partout dans le monde, on apprit que Tania Fixx, même dans le coma, guérissait des malades, comme elle le faisait auparavant. Cela donna un nouvel essor au mouvement, les dons affluèrent. L'Agneau lumineux de Dieu reprit les activités et les contacts internationaux qui l'occupaient avant l'attaque ayant détruit la résidence principale.

C'est alors que Yossef reçut un appel de Deng Huopang. La Chine n'avait pas oublié Tania, et apprenant que celle-ci était exposée aux malades, monsieur Huopang demanda poliment s'il serait possible de fêter le Qing Ming à Beijing, en présence de madame Fixx. Il précisa que tous les coûts, tous les équipements requis pour le transport et le séjour du personnel devant accompagner madame Fixx, seraient pris en charge par son gouvernement et toute complication médicale immédiatement soumise aux meilleurs médecins du pays.

Yossef lui promit de le rappeler après avoir discuté de sa demande avec ses collègues. Le lendemain, il en parla avec Bernard, Samir et Ahmed.

– Tania peut être transportée n'importe où, dit Samir. Il n'y a aucun empêchement, médical ou autre.

– Si nous acceptons cette requête, et nous le devrions je crois, dit Bernard, nous allons aussi devoir accepter de transporter Tania ailleurs, tant en Europe qu'en Amérique.

– J'y ai pensé, répondit Yossef. Je crois qu'il y a à la fois un aspect positif à cette possibilité, et un élément plus dangereux. Du côté positif, il est évident que nous poursuivons la mission de Tania, selon ses désirs. Par contre, le fait qu'elle soit inconsciente, mais vivante, peut avec le temps faire naître une espèce de légende, de croyance, de culte en fait. Surtout si cela se déroule sur une longue période de temps. Cela va à l'encontre de nos préceptes.

– Que veux-tu dire au juste ? demanda Ahmed.

– J'ai bien peur qu'on en vienne à voir Tania comme une espèce de relique miraculeuse, répondit Yossef, une relique vivante en plus, qu'on considère déjà possiblement immortelle, du moins selon ce qu'en pense monsieur Huopang.

– Mais en toute sincérité, demanda Bernard, Tania a-t-elle été malade depuis son premier coma ? Je ne crois pas.

– Pas depuis qu'elle est ici, reprit Samir.

– Pouvons-nous vérifier s'il y a des signes de vieillissement ? rétorqua Bernard.

– Non, pas encore, répondit Samir. Il n'y a rien d'observable à ce stade-ci.

– Bon, revenons au sujet qui nous préoccupe, reprit Yossef. Que faisons-nous ?

– Je crois que nous devrions aller dans la direction où serait allée Tania, dit Bernard. Elle aurait accepté la demande de monsieur Huopang et toute demande de même nature par la suite.

– Je suis d'accord, ajouta Ahmed.

– Moi aussi, dit Samir.

༄ ༄ ༄

Au solstice du printemps, on exposa Tania à la fête de la lumière. On avait aménagé un dais sous lequel son lit était placé, le tout reposant sur une plateforme élevée à vingt centimètres au-dessus du sol. Entourée de gardes de sécurité, sauf sur le côté auquel les gens avaient accès, Tania pouvait faire bénéficier tout un chacun de sa lumière, de son don de guérison. Cette présence fit une publicité monstre à la fête, et on dut refuser des dizaines de milliers de personnes qui souvent avaient fait un long voyage pour atteindre Oued Ellil. Cependant, on fit une exception pour une demande très spéciale émanant du Vatican : le pape Robert 1er et quelques personnes de son entourage souhaitaient se présenter à Oued Ellil pour rendre hommage à Tania Fixx. Évidemment, sa demande fut acceptée et il arriva l'après-midi même, accompagné de trois cardinaux, après que son hélicoptère se fut posé sur l'héliport de la résidence. Sa visite fut brève, à peine trente minutes. Entouré de quelques membres de son personnel, il s'approcha de Tania, lui posa la main sur le front, sembla dire une brève prière puis s'éloigna. La foule n'avait pas encore réalisé qu'il s'agissait du pape, de nombreuses personnes n'étant pas de religion chrétienne. Puis soudain il y eut une ovation, que le pape accepta en saluant simplement de la main.

Il échangea quelques mots avec Yossef et Bernard qu'il connaissait déjà, puis il se dirigea vers la résidence d'Oued Ellil, monta à bord de son hélicoptère et redécolla.

Les médias avaient bien sûr filmé cette rencontre et cette visite impromptue fit instantanément le tour de la planète.

;;;

Quelques jours plus tard, Tania était à Beijing, en compagnie de Yossef, Bernard et de deux gardes de sécurité. On avait repris les mêmes dispositifs qu'auparavant au stade olympique, et Tania fut exposée sur ce qu'elle avait alors appelé le gâteau de noces. Il y eut des chants, des discours, des prières mêmes, ou du moins ce qui sembla être des prières car personne ne traduisit ce qui se disait. Et on récita le *Petit Livre*, en chinois, un *Petit Livre* qui apparaissait très similaire à celui de l'Agneau lumineux de Dieu, du moins selon la traduction qu'on en fit par la suite, à la demande expresse de Yossef.

Avant le retour à Oued Ellil, Deng Huopang voulut remercier Yossef et l'invita à dîner, en tête à tête, dans le même salon où ils avaient mangé ensemble lors de sa visite précédente. C'était à la fois une marque de politesse et d'amitié, du moins selon les dires de Bernard. Évidemment, la conversation porta surtout sur Tania, son coma, les conséquences de cette situation sur L'Agneau lumineux de Dieu, des questions qui étaient toujours débattues tant à Oued Ellil que partout où l'on s'intéressait à l'Agneau lumineux de Dieu.

Profitant d'un moment de silence, Deng Huopang lança soudain.

– Vous questionniez beaucoup les raisons de notre intérêt pour votre mouvement lors de notre dernière rencontre. Est-ce toujours le cas ?

Surpris de ce changement de sujet, Yossef répondit.

– Oui et non, monsieur.

– Oui et non ? reprit en souriant Huopang.

– Non si je me borne à ne considérer la question que selon les paramètres de la réponse que vous nous aviez alors apportée.

Mais oui si on considère la nature profonde du changement de pensée qui semble s'être opéré chez vous.

– Je vois, répliqua simplement Huopang.

Comme Huopang semblait hésiter à compléter sa pensée, Yossef continua.

– Je comprends votre décision. Elle représente une suite réaliste aux mouvements philosophiques qui ont caractérisé votre histoire au long des deux derniers millénaires, mouvements que vous avez d'ailleurs toujours voulu éradiquer, me semble-t-il, ou tout au moins contrôler.

– Sans y réussir, interjeta Huopang.

Yossef hocha simplement de la tête, puis poursuivit.

– Je n'en comprends pas les raisons profondes. La reconnaissance d'un besoin soudain de foi, ou de support moral, comme vous nous l'aviez expliqué alors, m'apparaît être une démarche... illogique, si on se fie aux déclarations et agissements passés de votre gouvernement.

Huopang ne répondit pas immédiatement. Il regardait Yossef, un sourire énigmatique aux lèvres. Puis il dit.

– Croyez-vous que la Chine puisse maintenir longtemps la croissance qui l'a caractérisée ces dernières années ?

– Je ne saurais répondre, monsieur. Qu'entendez-vous par longtemps ?

– Croyez-vous que la compétition qui s'installe pour répondre à nos besoins fabuleux en ressources naturelles, nécessaires à notre croissance ainsi qu'à celle de l'Inde, de l'Amérique, de l'Europe, se fera sans problèmes ?

Se concentrant sur ce que Huopang essayait de lui dire, Yossef ne jugea pas utile de répondre.

– La Chine devra faire face à de grands bouleversements, monsieur Al-Idrissi. De graves pénuries. Et nous ne sommes pas certains d'être technologiquement ni économiquement prêts à sauter à l'étape suivante de notre croissance, une étape qui devra être axée sur autre chose que le pétrole ou les sources d'énergie actuelles.

Huopang prit un peu de thé avant de continuer.

– Il se pourrait que le peuple chinois soit alors confronté à des choix déchirants.

– Le peuple chinois ? questionna Yossef.

– Nous représentons le peuple, vous le savez. Des choix déchirants, disais-je. Des sacrifices, un retour vers des conditions que tous jugeront inacceptables. Nous voulons préparer notre peuple. Nous pensons que la construction d'une fibre morale solide et moderne, selon des notions fondamentales en accord avec notre philosophie ancestrale, est nécessaire, et nous avons décidé de nous y engager.

– Vous pensez donc à si long terme ? demanda Yossef.

– Deux ou trois générations vous paraissent-elles être un si long moment ?

Yossef quitta Huopang tard ce soir-là, conscient que ce dernier s'était probablement ouvert à lui plus qu'à beaucoup d'autres personnes étrangères au monde fermé que la Chine représentait toujours.

⸮ ⸮ ⸮

La fête de Pâques avait lieu tard en avril cette année-là. Le pape Robert 1er profita de l'occasion pour faire le point sur la dernière année. Il prononça un discours qui, une fois encore, marqua les esprits.

Il rappela d'abord les modifications apportées à L'Église depuis son élection, et souligna l'impact qu'elles avaient eu en notant que depuis un an, les abjurations avaient presque cessé. Mieux, les gens retournaient à l'église, où les nouvelles cérémonies axées sur le partage et la communication attiraient beaucoup de jeunes. De nombreux prêtres s'étaient mariés, et tant les couvents que les abbayes s'étaient affranchis des lois et directives qui les caractérisaient auparavant. Le mariage était ouvert à tous, et les congrégations avaient dû s'adapter, disait le pape. Il en vint ensuite à la question des dogmes et préceptes, et annonça quelques modifications mineures. Puis il prononça ces mots qui devaient marquer le monde chrétien pendant longtemps :

« En dernier lieu, mes amis, mes frères et mes sœurs, je dois vous faire part d'une conclusion à laquelle nous sommes tous parvenus au Saint-Siège. Nous avons bien étudié le contenu du *Petit Livre* propagé par l'Agneau lumineux de Dieu, et il ne comporte aucune trace idéologique contraire aux enseignements que nous nous efforçons de propager. En d'autres termes, nous reconnaissons ce contenu comme étant complémentaire à nos propres enseignements et nous vous enjoignons tous à le lire, le consulter au besoin, et l'ajouter aux textes de l'Église. De plus, nous croyons que l'Agneau lumineux de Dieu fait partie de la grande famille spirituelle à laquelle nous nous plaisons à nous identifier, et nous sommes prêts à collaborer avec cette organisation, si elle le désire ».

Épilogue

I l y avait maintenant plusieurs années que Tania était dans le coma. Les choses avaient rapidement changé autour d'Oued Ellil. Plusieurs complexes hôteliers d'importance s'élevaient le long de la route qui menait de Tunis à l'ancienne oasis. Chaque fête attirait des foules immenses et toute l'industrie touristique tunisienne profitait de cet apport économique.

L'Agneau lumineux de Dieu avait pris des proportions encore plus considérables afin de bien s'acquitter des tâches reliées à l'accomplissement de sa mission. Yossef en était le dirigeant. Ahmed et Samir accomplissaient toujours les mêmes fonctions, mais du personnel de soutien les assistait. Bernard était malheureusement décédé, depuis quelques années déjà, d'un infarctus imprévisible que le rayonnement de Tania n'avait pu prévenir ni guérir. Une équipe dirigée par une jeune femme qu'il avait eu le temps de former le remplaçait. Quant à Robert Ali, il étudiait la médecine à l'université de Stanford, en Californie.

§ § §

Le *Petit Livre* était devenu un texte de réflexion, aussi répandu que la Bible ou le Coran, et il était souvent cité durant les cérémonies religieuses chrétiennes. Ces dernières avaient d'ailleurs bien changé, comme le remarquait John Burden, un ancien curé de Boston, qui avait justement été invité à une messe de la paroisse voisine.

Il entra et nota de nouveau que la plupart des gens étaient des jeunes, des familles avec des enfants, des bébés, ce qui était presque toujours le cas. Il était surpris de voir la salle, autrefois garnie de bancs, maintenant remplie de tables et de chaises. Des tables qui pouvaient accommoder jusqu'à douze personnes. Les gens déballaient la nourriture qu'ils avaient apportée, s'installaient aux tables, discutaient, riaient.

John Burden se dirigea vers la table où étaient déjà assises les personnes qui l'avaient invité. Il n'avait pas apporté de nourriture et s'en excusa, mais on lui fit tout de suite remarquer qu'il y avait assez de vivres pour tous. Quelques minutes plus tard, un officiant remercia les personnes présentes d'être venues, lut une petite prière de remerciement au nom de la communauté, puis les invita à partager leur repas et à échanger ensemble. Il se dit disponible pour quiconque aurait besoin de lui.

Immédiatement, les conversations s'engagèrent. On questionna John sur ce qu'il faisait, ce qu'il avait fait, et il en fit de même. À un certain moment, l'officiant s'approcha de leur table et se joignit brièvement à eux. Il demanda simplement si quelqu'un aimerait partager avec les autres, et tout de suite, une jeune femme voilée raconta une histoire impliquant ses parents qui vivaient encore au Moyen-Orient, une histoire triste, de maladie. Cela enclencha d'autres partages, et donna lieu à des propositions d'aide, de support. L'officiant était déjà occupé à d'autres tables.

Environ une heure plus tard, il se leva et annonça que la rencontre, la messe disait-il, était terminée. Il remercia chacun de sa présence et les invita à la même heure, la semaine suivante. Il répéta qu'il demeurait disponible pour quiconque souhaitait lui parler.

John Burden prit congé des personnes qui étaient à sa table, se leva et alla rencontrer l'officiant pour s'entretenir un peu avec lui. Tout en se dirigeant vers l'avant de l'église, il remarqua qu'on avait conservé le crucifix, qui ornait originellement le haut du mur où se trouvait autrefois l'autel, mais qu'en plus il y avait un immense hologramme montrant une image en trois dimensions de Tania Fixx, couchée dans son lit, installée juste en dessous du crucifix.

FIN

Cet ouvrage, composé en Gotham
et Garamond Premier Pro,
a été achevé d'imprimer sur les presses
de Marquis Imprimeur inc.,
Montmagny, Canada
en août deux mille dix
pour le compte
de Marcel Broquet Éditeur